KB023142

성인들을 위한
잔혹동화

죽음의 무도회

성인들을 위한 잔혹동화
- 죽음의 무도회

초판 1쇄 인쇄일 | 2020년 7월 25일   초판 1쇄 발행일 | 2020년 7월 30일

지은이 | 지건, 강농
펴낸이 | 강창용

펴낸곳 | 씨큐브
출판등록 | 1998년 5월 16일 제10-1588
주 소 | 경기도 고양시 일산동구 중앙로 1233(현대타운빌) 704호
전 화 | (代)031-932-7474
팩 스 | 031-932-5962
이메일 | c.cube.book@gmail.com

ISBN 979-11-6195-108-9 03810

씨큐브는 느낌이있는책의 장르 분야 브랜드입니다.

이 도서의 국립중앙도서관 출판예정도서목록(CIP)은 서지정보유통-지원
시스템 홈페이지(http://seoji.nl.go.kr)와 국가자료종합목록 구축시스템
(http://kolis-net.nl.go.kr)에서 이용하실 수 있습니다.
(CIP제어번호 : CIP2020029608)

성인들을 위한
잔혹동화
죽음의 무도회

지건 · 강농 지음

C 씨큐브

차
례

양치기 소년

그리스 중부 지역 어느 외딴 곳에 자리해 있는 깊은 산골. 그곳에 자그마한 마을이 하나 있었다. 대부분의 주민이 수도원에 포도를 납품해서 생계를 이어가는 마을로, 언덕에서부터 이어져 있는 비탈길을 중심으로 이십여 채의 집들이 줄지어 늘어서 있었다.

마을 너머에는 포도밭이 있었고, 수도원이 들어서 있는 언덕에는 듬성듬성 서 있는 나무들 사이로 키가 작은 풀들이 자라고 있었다. 풀밭 여기저기서는 마치 하얀 구름떼같이 양들이 옹기종기 모여 풀을 뜯었고, 한 소년이 나무에 기대앉아 양들이 풀 뜯는 모습을 가만히 지켜보고 있었다.

소년의 이름은 아레스. 이 양치기 소년 아레스에게는 그런 풍경은 지겨우리만큼 익숙한 것이었다. 양들이 한곳에서만 풀

9

을 뜯으면 초원이 망가지기 때문에 날마다 언덕을 옮겨 다니며 양떼를 몰기는 했지만, 그것이 전부였다.

아레스는 매일매일 반복되는 일상이 따분했다. 정말이지 단 하루도 지루하지 않은 날이 없었다.

한편 언덕 뒤편에는 늑대가 사는 울창한 숲이 있었는데 아레스는 이따금 늑대가 나타나 양떼를 습격한다는 거짓말로 고함을 질러 대며 마을 사람들을 골탕 먹여 놓곤 배꼽을 잡고 낄낄거렸다. 그 일로 매번 어른들한테 크게 야단을 맞았으면서도 아레스는 도무지 그런 재미라도 없으면 하루하루가 심심해서 미칠 것만 같았다.

아레스는 늑대가 나타났다고 큰소리를 지르는 엉뚱한 장난을 멈추지 않았다. 같은 일이 되풀이되자 마을 사람들은 아레스가 아무리 다급한 목소리로 도움을 청해도 그러려니 하고 지나치게 되었다.

아레스는 언덕에서 내려오는 길에서 두 번째 집에서 혼자 살고 있었다. 아레스가 코흘리개 꼬마였을 때 마을을 휩쓸었던 전염병으로 부모가 세상을 떠나자 고아가 된 아레스를 불쌍히 여긴 마을 사람들이 한마음으로 돌봐 주었다.

그 길목의 첫 번째 집이자 아레스의 이웃집에는 아레스와 같은 또래의 소녀 헤스티아와 아버지 둘이서 단출하게 살고 있었다. 시골에 사는 대부분의 소녀들이 그렇듯 헤스티아 역시 얼굴이 햇볕에 그을려 까맣게 타서 얼핏 보면 매우 거칠어 보였다. 하지만 본래 얼굴은 매우 고와서 마을 사람들 모두가 알아주는 아름다운 숙녀로 커 가는 중이었다.

헤스티아의 가족은 십사 년 전 외지에서 온 이방인으로, 갓난아이였던 헤스티아를 품에 안고 막 들어왔을 때는 마을에 이런저런 소문이 돌았다. 헤스티아의 엄마가 기사와 눈이 맞아 도망친 백작의 딸이라느니, 멀리 떨어진 어느 수도원에서 수녀와 집사가 눈이 맞아 부부가 된 거라느니 하는 등의 뜬소문이었다.

그도 그럴 것이 갓난아이를 둔 여인의 외모가 매우 세련되고 아름다웠다. 도무지 시골에 뿌리를 내리고 살 수 있는 사람으로 보이지가 않았다. 게다가 산골 마을의 힘겨운 생활에 쉽게 적응하지 못하는 듯했다.

그런데 헤스티아의 어머니는 얼마 지나지 않아 세상을 떠나고 말았다. 아레스에게서 부모를 빼앗아 갔던 그 전염병을 이겨 내지 못한 채 저세상 사람이 되어 버린 것이다. 그렇게 젊은 아비와 젖을 갓 뗀 헤스티아만이 마을에 남게 되었다.

아내를 여읜 헤스티아의 아버지는 시간이 흘러도 재혼을 하지 않았다. 옆 마을에 사는 혼인을 중매하는 한 할멈이 몇 번이나 젊은 과부와 다리를 놓아 주려 했지만, 그때마다 헤스티아의 아버지는 고개를 세차게 내저으며 단호히 거절했다. 그러자 마을 사람들은 또 한 차례 예전에 나돌던 소문을 입에 올렸다. 하지만 헤스티아의 아버지는 서글서글한 성격에 친화력이 좋은 데다 무슨 일이든 성실하게 잘했던 터라 뜬소문은 이내 잦아들었다.

어려서부터 함께 자라다시피 했기 때문인지 아레스와 헤스티아는 마치 남매처럼 가까운 사이가 되었다. 특히 어려서부터 가족이 없었던 아레스는 가능한 한 빨리 결혼을 해서 가정을 꾸리고 싶었는데, 마음속으로 점찍어 둔 신붓감은 당연히 옆집 소녀 헤스티아였다.

아레스는 기회가 있을 때마다 헤스티아에게 자신의 속마음을 내비치곤 했다.

"나는 나중에 너하고 결혼할 거야."

"결혼이라는 건 혼자 하는 게 아니잖니."

"그래서 지금 묻고 있잖아!"

"지금 네가 한 말은 나한테 하는 질문이 아니라 순전히 일방적인 통보거든!"

"어쨌든 내가 네 행복을 책임질 거야."

"내 행복은 내가 책임져!"

"너 설마 날 믿지 못하는 거야?"

"잊을 만하면 〈늑대가 나타났다!〉고 뜬금없이 외쳐 대서 마을 사람들을 놀라게 하는 거짓말쟁이를 내가 어떻게 믿니?"

번번이 그랬다. 헤스티아는 늘 아레스의 고백을 장난스럽게 받아 넘기곤 했다. 그렇다고 헤스티아가 아레스를 싫어하는 것 같지는 않았다. 아레스는 자신의 진심이 헤스티아에게 제대로 전달되지 않는 것 같아 답답하고 우울하고 신경질이 났다.

그렇게 몇 년이 흘러 아레스와 헤스티아가 성인이 되자 마을 사람들은 자연스럽게 두 사람의 결혼에 관심을 갖기 시작했다. 두 사람이 어떤 생각을 하고 있든 상관없이 대부분의 마을 어른들은 당연히 둘이 결혼할 거라 믿고 있는 것 같았다.

그러고 얼마 지나지 않아 두 사람은 결혼식을 올렸다. 원체 작은 마을이었기 때문에 어느 한 집에 좋은 일이 생기면 마을 전체에 경사라도 난 것처럼 한바탕 축제가 벌어졌다. 하물며 마을의 미래라고 할 처녀 총각의 결혼식이었으니 두말할 나위가 없었다.

아침 일찍부터 시작된 결혼식은 밤늦게까지 이어졌다. 마을 사람들은 공터에 모닥불을 피웠다. 워낙 깊은 산골이라 마을 사람들 모두가 그리 넉넉지 않은 형편이었지만, 두 사람의 결혼을 축하하기 위해 갖가지 요리를 준비해 와 테이블을 가득 채웠다.

또 수도원에 납품하고 남은 포도를 숙성시켜 만든 와인을 들고 나와 마시고 노래하며 춤을 췄다. 양치기 소년 아레스와 예쁜 소녀 헤스티아는 이제 커서 마을 사람들의 아낌없는 축하를 한 몸에 받으며 영원히 부부의 인연으로 살기로 언약을 맺었다.

마을 사람들이 공터에서 축제를 즐기고 있는 사이, 헤스티아의 아버지가 이제는 사위가 된 아레스를 집으로 데려왔다. 그리고 주방 식탁에 미리 준비해 놓은 와인을 한잔 가득 따라 건네준 뒤 입을 열었다.

"헤스티아가 마음에 드는가?"

아레스가 부끄러운 듯 고개를 살짝 숙이며 말했다.

"우리 둘이 어렸을 때부터 워낙 친하게 지냈잖아요. 다른 여자는 꿈에도 생각해본 적 없어요."

"으음, 그랬구나."

"그런데 아저씨야말로 제가 마음에 드세요?"

"마음에 들지 않았다면 아마도 이 결혼은 없었겠지."

"아차, 이제 아저씨가 아니라 아버님이라고 불러야겠지요? 열심히 잘 살겠습니다, 아버님!"

"암, 그래야지."

그렇게 마신 술이 한 잔 두 잔 늘어나면서 아레스는 조금씩 몽롱해져 갔다. 오늘은 결혼식을 올린 아주 특별한 날인 만큼 정신 줄을 단단히 부여잡아야 한다고 생각했지만, 의식은 자꾸만 옅어지고 있었다.

와인을 마시던 주방 테이블에 엎드린 채 정신없이 곯아떨어진 아레스가 잠에서 깨어난 것은 자정 무렵이었다. 마을 사람들은 모두 다 집으로 돌아갔는지 목청 높여 부르던 노랫소리도 더는 들려오지 않았다. 주방 문 틈새로 거실 쪽에서 불빛이 들어왔고, 누군가가 움직이는 듯한 인기척이 느껴졌다.

'신혼 첫날부터 추한 꼴을 보이다니…….'

아레스는 자신을 책망하며 애써 정신을 다잡았다.

아직 숙취가 남아 있던 터라 조심스럽게 자리에서 일어난 아레스는 거실로 발걸음을 향했다. 주방 문 손잡이를 잡아당기려는 순간, 모든 동작을 멈추게 하는 이상야릇한 신음이 귓전을 파고들었다.

까닭은 알 수 없었지만, 온몸의 솜털이 곤두설 만큼 긴장한 아레스는 두 귀를 쫑긋 세운 채 거실에서 들려오는 소리에 집중했다. 교성이었다. 아레스는 아직 숫총각이었다. 아직껏 한 번도 여자와 동침을 해본 적은 없었지만, 거실에서 들려오는 소리는 남녀가 성교할 때 여자의 입에서 나오는 소리라는 정도는 직감적으로 알고 있었다.

도무지 이해가 되지 않았다. 지금 헤스티아의 집에서는 그런 소리가 날 수 없었다. 아니, 그런 소리가 나서는 절대로 안 되는 일이었다.

'조심스럽게 살펴보는 수밖에…….'

그렇게 생각한 아레스는 그야말로 조심스레 문손잡이를 잡았다. 하지만 굳이 당길 필요는 없었다. 문틈이 벌어져 있었기 때문이다.

아레스는 숨소리마저 죽여 가며 거실 안쪽을 살펴보았다. 벽난로에서는 장작이 타고 있었고, 그 앞에 놓인 소파에는 헤스티아가 결혼식 때 입었던 드레스를 갈아입지도 않은 채 누워 있었다. 헤스티아의 입은 절반쯤 벌어진 채 조금 전에 들었던 교성을 간간이 토해 내고 있었다.

'사람들이 건네는 축하주 때문에 헤스티아도 나처럼 취해 버렸구나.'

그런데 아니었다. 취한 사람이 혼자 교성을 내지르며 술주정을 할 리가 없었다. 고개를 갸웃한 아레스의 시선이 헤스티아의 하반신으로 옮겨졌다.

'허억! 저건 뭐지? 도대체 누구야?'

소스라치게 놀란 아레스는 하마터면 소리를 '꽥!' 지를 뻔했다. 어떤 남자가 헤스티아의 치마 속에 얼굴을 파묻은 채 들썩이고 있었다. 치마에 가려 보이지는 않았지만, 어떤 일이 진행되고 있는지는 충분히 짐작할 수 있었다.

그 순간 아레스의 뇌리에 두세 발자국만 옮기면 손에 넣을 수 있는 부엌칼이 떠올랐다. 행복한 미래를 꿈꾸며 결혼식을 올린 날, 신부를 범한 파렴치한은 최소한 목숨으로 응징해야 한다는 생각이 들었다. 그때 남자의 상체가 헤스티아의 치마에서 빠져나왔다.

'어떻게 이런 일이⋯⋯!'

헤스티아의 아버지였다. 헤스티아의 아버지가 결혼식을 갓 마친 딸을 범하고 있는 것이었다. 체액과 침으로 번들거리는 입술을 소맷자락으로 쓰윽 닦아낸 그는 헤스티아가 입고 있던 옷을 본격적으로 벗기기 시작했다. 드레스가 벗겨지고, 가슴과 허리를 감싸고 있던 코르셋이 바닥으로 떨어져 내렸다.

아레스는 어찌할 바를 몰랐다. 있는 힘껏 움켜쥔 두 주먹은 부르르 떨리고 있었다. 가슴은 지금 당장 문을 박차고 들어가 난도질을 하라고 부추겼고, 머리는 어쨌든 헤스티아의 아버지이므로 이성적인 대처를 하라고 다독였다.

아레스는 마음속으로 외쳤다.

'헤스티아! 정신 차려! 도대체 얼마나 마신 거야?'

하지만 헤스티아는 여전히 널브러져 있었다. 손가락 하나 까딱할 수 없을 만큼 취한 모양이었다. 취하지 않았다면 처음부터 이런 일은 벌어지지도 않았을 터였다. 반항 한 번 하지 못한 채 당하지는 않았을 것이다.

'헤스티아, 제발!'

하지만 헤스티아는 이미 실오라기 하나 걸치지 않은 알몸이 되어 있었다. 그 앞에 선 악마의 몸을 숨기고 있던 옷가지 역시 하나씩 얇아져 갔다.

'아……!'

아레스는 더는 보고 있을 수가 없었다.

천천히 몸을 돌려 식탁으로 되돌아온 아레스는, 낮에 마시다 만 와인 병을 들어 통째로 들이붓기 시작했다.

이튿날 아침, 헤스티아의 표정은 늘 그랬던 것처럼 명랑했다. 헤스티아의 아버지 역시 아무 일도 없었던 듯 자연스럽기만 했다. 아레스는 혼란스러웠다. 어쩌면 지난밤에 보았던 모습들이 악몽일 수도 있겠다는 생각이 들 정도였다.

그렇다고 드러내 놓고 물어볼 수도 없었다. 아레스의 고민이 깊어가는 가운데 식탁에는 헤스티아가 준비한 아침 식사가 차려져 있었다. 하지만 아레스는 아무것도 먹을 수 없었다.

헤스티아가 걱정스러운 표정으로 물었다.

"왜 그래? 숙취 때문에 입맛이 없는 거야?"

아레스가 얼버무렸다.

"으, 응. 아무래도 너무 많이 마신 거 같아."

아레스는 두 사람 앞에서 당황하거나 어색해하는 모습을 보이지 않기 위해 온갖 노력을 기울였다. 그러다 보니 등줄기에서 식은땀이 흘러내렸다. 헤스티아의 아버지는 그런 아레스를 유심히 지켜보고 있었다.

그날 밤, 아레스는 몇 차례의 쭈뼛거림 끝에 헤스티아에게 동침을 제안했다. 결혼식을 올렸으므로 이제 떳떳한 부부가 되었을 뿐만 아니라, 어젯밤의 악몽을 하루속히 떨쳐 버리기 위해서였다.

하지만 헤스티아는 고개를 저었다.

"아레스, 미안하지만 내가 먼저 얘기할 때까지 참아 줘. 여자의 몸은 남자와 달라서 마음의 준비가 필요하거든. 그리고……."

아레스는 헤스티아의 말이 끝나기 전에 고개를 끄덕였다. 동침과 관련된 이야기가 길어지다 보면 지난밤 있었던 일에 대한 질문이 불쑥 튀어나올 것만 같았기 때문이다.

"그래, 알았어. 기다릴게."

아레스는 오랜 세월 꿈꿔 왔던 가정을 이루자마자 깨뜨리고 싶지 않았다. 헤스티아가 없는 삶은 상상조차 하기 싫었다. 그래서 헤스티아가 부르는 날까지 차분하게 기다리기로 결심했다.

그날 이후의 일상은 평범했다. 헤스티아와 그녀의 아버지는 여전히 다정하게 아레스를 대했고, 아레스 역시 그날 밤의 기억을 악몽으로 몰아가기 위해 무던히 애썼다.

포도를 수확할 계절이 되자 마을 주민 모두는 눈코 뜰 새 없이 바쁘게 움직였다. 일 년 내내 피땀 흘려 키워 낸 포도를 거두어들이는 일이니만큼 자칫 잘못하면 수익에 커다란 악영향을 끼칠 수도 있었다. 남녀노소 할 것 없이 있는 체력 없는 체력 다 동원해 일을 하다 보니 해질녘이 되면 모두 파김치가 되어 있었다.

며칠째 계속해서 포도밭 일에 매달려 피곤함이 쌓일 대로 쌓인 아레스는 일이 끝나자마자 집으로 돌아와 저녁을 먹은 뒤 일찌감치 잠자리에 들었다. 그런데 목이 말라 일어나 보니 옆에 누워 잠들어 있어야 할 헤스티아가 보이지 않았다.

'이 늦은 시간에 어딜 갔지?'

그 순간 아레스의 뇌리에 결혼식 날 밤에 보았던 광경이 섬광처럼 스쳐 지나갔다. 아레스는 조용히 집을 나와 헤스티아의 아버지가 사는 옆집으로 다가갔다. 불 켜진 거실에서 인기척이 느껴졌다. 그런데 지난번보다 한층 짙어진 교성이었다.

아레스는 설마 하는 마음으로 창가에 바싹 붙어 내부를 들여다보았다.

"……!"

결혼은 했지만, 마음의 준비가 필요하다는 헤스티아였다. 여자의 몸은 남자와 달라서 마음의 문이 활짝 열려야 몸도 열린다는 헤스티아였다. 그런 헤스티아의 얼굴이 아버지의 사타구니에 바싹 붙은 채 상하좌우로 꿀렁거리고 있었다.

'악몽이 아니었던 거야!'

아레스는 절망했다. 하지만 어찌할 방법이 없었다. 아니, 어떻게 해야 하는지 판단할 수가 없었다. 아레스는 그만 집으로 돌아가고 싶었다. 그런데 어찌 된 일인지 발길이 떨어지지 않았다.

거실에서는 이미 사람이기를 포기한 두 남녀가 본격적으로 뒤엉켜 뒹굴기 시작했다. 아레스의 눈에 보인 그들은 언덕 너머 울창한 숲에 산다는 늑대와도 같았다. 늙은 수컷과 젊은 암컷 두 마리가 미친 듯이 서로를 탐닉하고 있는 것이었다.

생각이 거기에 이르자 거짓말처럼 마음이 편해졌다.

아레스는 여전히 두 짐승이 교미하는 모습을 지켜보았다. 그런데 잠시 후 전혀 예상하지 못했던 일이 벌어지기 시작했다. 집 안에서 두 짐승이 벌이는 행위가 격렬해지면서 아레스의 아랫도리가 움찔거리는가 싶더니, 급기야는 주체할 수 없을 정도로 팽창해 버렸다. 아레스는 당혹스러웠다. 그 자신 역시 발정 난 암컷의 꽁무니를 끊임없이 쫓아다니는 어린 늑대가 된 기분이었다.

그 이후로도 똑같은 일이 여러 차례 반복되었다.

일을 마치고 돌아온 아레스는 저녁을 먹고 잠자리에 들었고, 헤스티아는 기다렸다는 듯 아버지 집으로 향했다. 그럴 때마다 아레스는 예의 그 창문 밖에 몸을 숨긴 채 안에서 벌어지고 있는 일을 훔쳐보면서 미친 듯이 자위를 했다.

그렇게 몇 개월이 흐르면서 헤스티아의 배가 불러오기 시작했다. 하지만 아레스는 전혀 눈치 채지 못한 듯 행동했고, 헤스티아 역시 아무 말도 하지 않았다. 그런데 문제는 동네 사람들이었다. 사이가 워낙 좋아 금세 아기가 들어섰다는 축하의 말을 하루에도 두세 번씩 들어야 했다.

그날도 헤스티아는 아레스가 잠들기를 기다려 침대를 빠져나갔다. 아레스 역시 늘 그랬던 것처럼, 잠시 후 일어나 옆집으로 향했다. 그날따라 두 암수의 교미는 유난히 격렬했다. 그러던 어느 순간 헤스티아가 '아빠, 더 세게!'를 외쳤다. 그 말과 동시에 움직임을 뚝 그친 수컷이 말했다.

"나는 네 아빠가 아니야!"

"내 아빠가 아니라니, 그게 무슨 말이야?"

남자와 여자는 귀족의 하인이었다. 두 사람은 서로 사랑했지만, 귀족은 얼굴이 예쁜 하녀에게 군침을 흘리고 있었다. 여자는 잠시 고민했다. 하지만 남자와의 사랑보다 귀족이 약속한 돈과 권력을 선택했다.

그 이후 여자는 밤마다 귀족의 욕정을 풀어 주었다. 그리고 몇 달 후, 임신했다. 여자의 임신을 알게 된 귀족의 태도가 돌변했다. 여자가 애원하자 약속했던 돈과 권력은커녕 목숨을 위협하기까지 했다.

그 모든 과정을 지켜보던 남자가 여자를 설득했다. 비록 자신을 배신하기는 했지만, 모두 다 용서하겠노라고 했다. 그리고 자신이 아니면 뱃속의 아기를 어떤 남자가 돌봐 주겠느냐며 목소리를 높였다. 여자에게는 사실 선택의 여지가 없었다. 고마운 마음으로 남자를 따를 수밖에 없었다.

그날 밤, 두 사람은 아무도 몰래 귀족의 저택을 빠져나왔다.

수컷이 다시 교미를 시작하며 말했다.

"나는 단 한 번도 네 엄마랑 몸을 섞지 않았어."

"그, 그러면……."

"네 아비는 남의 여자를 빼앗아 간 개만도 못한 귀족 나부랭이란 말이다!"

"……!"

헤스티아는 아무 말도 하지 않았다. 지금까지 아버지라고 믿고 따랐던 사람의 충격적인 말 때문에 정신을 차리지 못하고 있는 듯했다.

"그리고 나는 네 엄마를 용서할 수 없었어."

"그렇다면 전염병으로 돌아가셨다는 엄마는……?"

"만약 네가 아들로 태어났더라면 네 엄마는 죽지 않았을지도 몰라. 하지만 유감스럽게도 넌 딸이었지. 그래서 네 엄마는 죽었어. 잘하는 일 하나 없이 식량만 축내는 식충이는 짐만 될

23

뿐이거든!"

"그러니까 당신이 엄마를……?"

"그 이후 나는 네가 어른이 되기를 기다렸지. 귀족 가문의 하인이었다가 날품팔이 농사꾼이 된 내가, 나를 배신한 네 어미와 아비에게 복수할 수 있는 유일한 길은 그뿐이었거든."

"그러니까 나를 성노예로 만들기 위해 지난해부터……."

"귀족인 네 아비는 천벌을 받았는지 자식 하나 없이 늙어 가고 있지. 그래서 네가 아이를 낳으면 너와 함께 네 아비에게 보낼 셈이야. 다행히 네가 네 아비의 이목구비를 쏙 빼닮아 한눈에 알아볼 수 있을 걸!"

"흐으윽!"

"그리고 얼마 지나지 않아 네 아비가 죽으면 네가 낳은 아이가 모든 것을 물려받게 될 거야. 신분과 권력, 재산까지 말이다. 그러면 그 모든 것은 또한 내 것이 될 테고……."

아레스는 조용히 주방으로 발걸음을 옮겼다. 그리고 가장 큰 부엌칼을 꺼내 거실로 들어갔다. 악마로 변한 수컷은 여전히 헤스티아의 가장 깊은 곳에 아랫도리를 쑤셔 박은 채 교미를 하고 있었다.

아레스가 다가가다가 누워 있던 헤스티아와 눈이 마주쳤다. 헤스티아의 눈에서 눈물 한 방울이 주르륵 흘러내렸다. 아레스는 움켜쥔 부엌칼을 높이 치켜들어 수컷의 왼쪽 옆구리에 찔러 넣었다. 수컷이 '헉!' 하는 비명과 함께 합체되어 있던 헤스티아의 몸에서 분리되더니 힘없이 축 늘어져 버렸다.

아레스는 오랜 친구이자 아내인 헤스티아의 알몸을 처음으로 정면에서 바라보았다. 숨을 한 번 내쉬기 전까지만 해도 다른 남자를 통째로 담고 있던 몸이었다. 하지만 아름다웠다. 그래서 더 서러웠다. 그래서 더더욱 용서할 수가 없었다.

아레스의 입에서 들릴 듯 말 듯 작은 목소리가 새어 나왔다.

"행복하게 살자고 약속했었잖아……."

"……!"

하지만 헤스티아는 몽롱한 표정으로 아레스를 바라보고 있을 뿐이었다.

"너를 진심으로 사랑했다고!"

"……."

잠시 후, 아레스는 다시 한번 부엌칼을 치켜들었다. 비명을 들은 마을 사람들이 몰려들었을 때, 아레스는 알몸으로 칼에 찔린 부녀의 시체 앞에 정신 나간 사람처럼 앉아 있었다.

"도대체 어떻게 된 일이야? 말을 좀 해봐, 아레스!"

소스라치게 놀란 마을 사람들이 거듭 캐물어도 아레스는 마비된 듯 그 모습 그대로 멈추어 있었다. 한참이 지난 뒤 아레스가 벌떡 일어나며 외쳤다.

"늑대였어요."

아레스의 손가락이 헤스티아의 아버지를 향하고 있었다.

"늑대가 왔었다고요!"

하지만 아레스의 손가락을 주시한 사람은 아무도 없었다.

그 말을 끝으로 아레스는 집 밖으로 뛰쳐나갔다. 몇몇 남자들이 뒤를 쫓아갔지만, 도저히 따라잡을 수가 없었다. 아레스는 그렇게 늑대가 산다는 언덕 너머 울창한 숲으로 영원히 사라져 버렸다.

피노키오

나는 나무토막이다.

비록 지금은 깊은 산골짜기 한구석에 처박힌 처량한 신세
에 불과하지만, 사람의 말을 중얼거릴 줄 아는 특별한 능
력을 갖춘 통나무다.

나는 땅속에 뿌리를 내린 채 수백 년을 살았다.

그러던 어느 날 강풍을 만나 쓰러졌고, 뿌리와 잔가지와
작별을 했다.

그렇게 또 수십 년 동안 산등성이 위를 뒹굴던 나는 갑작
스러운 홍수와 맞닥뜨렸다.

엄청난 양의 물은 나를 종잇장처럼 들어 올렸고, 눈 깜짝
할 사이에 자갈 가득한 골짜기에 거꾸로 처박아 버렸다.

그런 고난을 겪으면서도 나는 살아남았다.

사람들이 보기에는 생명력이라고는 눈곱만큼도 찾아볼 수 없는 바싹 마른 통나무 밑동에 불과하겠지만, 나는 아직 죽지 않고 살아 있다.

그리고 내 예감이 실현될 날을 기다리고 있다.

내 끊임없는 중얼거림은 머잖아 내게 새로운 삶을 선사해 줄 것이다.

지난 수백 년 동안 내 예감은 빗나간 적이 없다.

이탈리아 중부 토스카나 지방에 있는 작은 시골 마을에 목수 제페토가 살고 있었다. 제페토는 주로 접시와 수저 등을 만들어 생계를 유지했다. 하지만 그런 주방 도구는 한 번 사면 여러 해 동안 사용할 수 있어 수요가 많지 않았기 때문에 오랜 세월 가난에서 벗어나지 못했다.

반면에 그의 가까운 친구 안토니오는 그 지방에서 유명한 인기 목수였다. 제페토는 비슷한 시기에 목수 일을 시작한 친구 안토니오의 성공이 한편으로는 부러우면서도 다른 한편으로는 이해가 되지 않았다. 목공 솜씨가 비슷한 안토니오와 비교해서 자신의 수입은 왜 수십 분의 일밖에 되지 않는 건지 알 길이 없었다.

안토니오는 시간이 흐르면서 웬만한 귀족 부럽지 않은 부와 명성을 쌓았다. 여러 제자와 자신이 후원해 주는 소년들도 거느리게 되었다. 안토니오의 제자들은 마치 몸종처럼 이른 아침부터 저녁 늦게까지 스승을 위해 모든 잡다한 일들을 시중 들면서 목공 일을 배우는 젊은이들이었다.

그의 후원을 받는 사람들은 대부분 십대 초중반의 미소년이었다. 사회적, 경제적으로 어느 정도 성공을 거둔 상당수의 성인 남성은 어린 소년들을 거둬 정신적, 경제적으로 후원을 해주면서 교육까지 아우르는 일종의 대부 역할을 담당해 주었다.

다만 대부라는 것이, 가톨릭에서 말하는 대부와는 명백하게 다른 점이 있었다. 그것은 바로 어린 소년이 자신을 후원해 주는 성인 남성의 정액받이 역할을 은밀하게 수행해야 한다는 사실이었다. 따라서 후견인은 돈이 많아야 했고, 후원 대상자는 나이가 어리고 얼굴이 곱상할수록 인기가 높았다.

이름이 나게 된 안토니오 역시 미소년 몇 명의 후견인 역할을 하고 있었던 것이다. 그렇다고 안토니오의 성적 취향이 본래부터 남색을 즐겼다거나 동성애였던 것은 아니었다. 하지만 100여 년이 넘도록 지속된 마녀사냥의 여파로 여성의 숫자가 현저하게 줄어들었을 뿐만 아니라, 그나마 살아남은 젊은 여성들은 대부분 귀족의 차지가 되었으므로 어쩔 수 없이 미소년을 찾을 수밖에 없었다.

제자와 후원 대상자를 여럿 거느린 안토니오와는 달리 제페토는 오로지 혼자였다. 인기가 없는 목수였으므로 제자가 되겠다는 젊은이도 없었고, 끼니를 걱정해야 할 만큼 가난했으므로 누군가를 후원하겠다는 생각은 아예 꿈조차 꿀 수 없었다. 안토니오가 가난에 허덕이는 친구 제페토에게 종종 일감을 나누어 주기는 했지만 큰 돈벌이가 될 정도는 아니었다.

그러던 어느 날, 그다지 멀지 않은 도시의 최고위층 귀족으로부터 고가의 작품을 의뢰받은 안토니오는 쓸 만한 나무를 구하기 위해 깊은 산 속으로 들어갔다. 그리고 해질녘이 다 되도록 헤매고 다닌 끝에 마음에 꼭 드는 통나무를 발견했다. 기분이 좋아진 안토니오는 콧노래를 부르며 마을로 향했다.

오솔길을 따라 산을 절반쯤 내려왔을 때였다. 어슴푸레한 어둠이 드리운 건너편 골짜기에서 어색한 웅얼거림 소리가 들려왔다. 인적도 없는 깊은 산속이었던 터라 안토니오는 고개를 갸웃거리며 발걸음을 멈추었다. 그리고 골짜기 주변을 꼼꼼하게 살펴보았다. 그곳에는 크고 작은 자갈 무더기 사이사이에 낮게 깔린 수풀과 여러 해 전 겪었던 물난리 때 산등성이에서 휩쓸려 내려와 쑤셔 박힌 듯한 통나무 하나가 전부였다.

안토니오는 귀를 쫑긋 세운 채 문제의 그 소리가 어디서 나는지 찾으려고 애를 썼다. 잠시 후, 안토니오의 얼굴에 당혹스러움이 일렁였다. 이상한 일이었다. 사람의 목소리와는 달리 한 음절 한 음절이 달리는 말발굽 소리처럼 또각또각 끊어진 듯한 그 웅얼거림은 분명 거꾸로 처박힌 통나무에서 흘러나오고 있었다.

'헉! 통나무가 혼잣말을 중얼거리다니…….'

안토니오의 발걸음은 자신도 모르는 사이에 그 신비한 통나무를 향하고 있었다. 그리고 골짜기에 도착해 그 나무를 뽑아 들었다. 목수로서 능력이 있는데도 장사 수완이 없어 평생 가난의 구렁텅이에서 빠져나오지 못하고 있는 친구 제페토의 얼굴이 순간적으로 떠오른 것이었다. 제페토가 특별하기 그지없는 통나무를 깎아 무엇을 만들지 알 수는 없었지만, 조금이라도 도움이 되면 좋겠다는 생각을 했다.

그렇게 해서 말하는 능력이 있는 신비한 통나무는 제페토에게 전해졌다. 통나무를 받은 제페토는 몇 날 며칠에 걸쳐 고민에 고민을 거듭했다.

'말하는 식기를 만들어 볼까? 아니면 말하는 탁자나 의자를 만들어야 하나? 하지만 어울리지 않아. 식기나 탁자나 의자가 말을 한다는 건 너무 황당해! 그렇다면……, 그렇다면……, 그렇다면……!'

그러던 순간 기가 막힌 아이디어 하나가 제페토의 뇌리에 섬광처럼 날아와 박혔다. 인형의 관절 마디마디를 실로 연결해 자유롭게 움직이는 것처럼 보이는 목각인형. 그걸로 재미있는 인형극을 연출하는 마리오네트 공연이 떠오른 것이다.

"바로 그거야! 목각인형!"

마음이 결정된 그 순간부터 제페토는 목각인형을 깎기 시작했다. 비록 인기는 없었지만 수십 년에 걸쳐 내공을 쌓아 온 목수였으므로, 무얼 만들지 결정된 순간 전체적인 작업의 밑그림이 머릿속에 자연스럽게 그려졌다. 그 덕분에 거침없이 나무를 자르고 깎을 수 있었다.

그로부터 일주일 후, 제페토는 천진난만한 미소년의 모습을 한 목각인형을 완성했다. 그리고 코흘리개 어린 시절 냇가에서 발견한 뒤 거의 반세기에 가까운 세월 동안 간직하고 있던 청요석을 조심스럽게 갈고 다듬어 푸른 사파이어 빛이 나는 눈동자를 만들어 붙여 주었다.

귀여운 소년 모습의 목각인형은 푸른 빛의 눈동자를 갖게 되면서 영락없는 사람 형상을 갖추었다. 제페토는 자신이 만든 작품을 보면서 난생처음 자부심을 느꼈다. 그동안 수없이 만들었던 식기나 도마, 숟가락이나 젓가락 같은 주방 도구들은 감히 비교 대상조차 될 수 없을 정도였다.

제페토는 그 작품에 피노키오라는 이름을 붙여 주었다.

피노키오는 그렇게 탄생했다.

제페토는 몇 날 며칠 밤잠을 설쳐가며 애쓴 스스로를 칭찬하는 의미에서 피노키오에게 입맞춤을 해 주기로 했다. 그것은 독거노인 제페토가 자신에게 해줄 수 있는 최고의 선물이었다.

피노키오가 처음 눈을 떴을 때 느낀 감각은 앞으로 아버지이자 후견인이 되어 줄 늙수그레한 남자의 축축한 입술이었다. 그 입술의 감촉은 절대 유쾌하지 않았다. 게다가 숨을 쉴 때마다 전해져 오는 비릿한 냄새 또한 역겹기 그지없었다. 그런데도 바싹 말라 차가웠던 나무토막에 온기가 조금씩 돌기 시작했다. 기분은 분명히 불쾌함으로 치닫고 있는데, 어찌 된 일인지 몸은 점점 더 뜨거워지고 있었다.

피노키오는 생각했다. 평범한 장작으로 불쏘시개가 될 수도 있었던 시절에 어렴풋한 의식으로 상상했던 세상은, 지금 느껴지는 세상과는 전혀 다른 모습이었다. 게다가 푸른 사파이어 빛 눈동자를 통해 보이는 세상 역시 아주 딴판이었다.

손끝에 닿는 것이라고는 하나같이 축 늘어진 늙은이의 탄력 없는 살가죽이었고, 보이는 것이라고는 벌겋게 달아올라 검버섯이 더욱 도드라져 보이는 징그러운 얼굴뿐이었다. 어쩌면 안토니오가 숲길을 지나칠 때 혼잣말을 중얼거리지 않았더라면 더 좋았을지도 모를 일이었다.

게다가 제페토의 징그러운 손가락은 점점 더 적극적으로 온몸을 훑기 시작했고, 그와 동시에 역겨운 그의 숨결은 자꾸만 거칠어지고 있었다. 피노키오는 오래전부터 자신이 만약 오감을 갖게 된다면 무척 황홀할 것이라는 상상을 하곤 했었다. 하지만 유감스럽게도 현실은 정반대였다.

오랜 세월 짓눌려 왔던 제페토의 성욕이 활화산처럼 폭발하면서 피노키오는 태어나자마자 차라리 죽음을 떠올려야 하는 최악의 상황으로 치닫기 시작했다. 불과 몇 분 전에 열렸던 눈, 코, 입, 귀의 감각은 물론, 살갗으로 느껴지는 촉감마저 마비되어 가고 있었다.

피노키오의 온몸을 강하게 짓누른 채 한참 동안 자위를 하던 제페토가 '커억!' 하는 비명을 지르며 옆으로 나동그라졌다. 그와 동시에 제페토의 몸뚱이를 빠져나온 누리끼리한 정액이 분수처럼 솟구치더니 피노키오의 몸뚱이에 썩은 고름처럼 덕지덕지 들러붙었다.

하지만 피노키오는 이것저것 가릴 겨를이 없었다. 더럽고 구역질 나는 끔찍한 곳에서 어떻게든 최대한 빨리 벗어나야 한다는 생각뿐이었다. 고환 가득 채우고 있던 정액을 마지막 한 방울까지 꾹꾹 짜낸 제페토가 몽롱한 눈빛이 되어 가쁜 숨을 몰아쉬고 있는 사이, 피노키오가 잽싸게 몸을 일으켜 튕기듯 문밖으로 나왔다.

맨 처음 피노키오의 눈에 들어온 것은 제페토의 지팡이였다. 피노키오는 그 지팡이를 집어 들어 멀찌감치 던져 버렸다. 그러고 나서 거리를 향해 달리기 시작했다. 난생처음 맡아보는 바깥바람이 무척 상쾌하다는 생각이 들었다. 피노키오는 코를 벌름거려 더욱 많은 공기를 들이마셨다.

"가지 마! 가면 안 돼, 피노키오!"

등 뒤에서 자신을 불러 대는 제페토의 애타는 목소리가 들려왔다. 하지만 피노키오는 들은 체도 하지 않고 발걸음을 재촉했다. 최대한 빨리 그 음습한 곳에서 멀어져야 한다는 본능적 감각이 이제 막 깨어난 피노키오의 몸을 지배하고 있었다.

제페토가 지팡이 없이 뒤뚱거리는 걸음걸이로 따라오며 또다시 외쳤다.

"넌 아직 밖으로 나가면 안 돼! 네 몸의 관절들이 제대로 작동하려면 최소한 보름 이상 걷는 연습을 해야 한다고!"

제페토가 외친 그 말은 사실이었다. 워낙 급한 마음에 무작정 뜀박질을 시작했지만, 피노키오의 달음질은 사실 술에 잔뜩 취한 늙은이의 휘청거리는 걸음걸이보다 훨씬 더 위태로워 보였다.

"그래도 난 멈추지 않을 거예요!"

피노키오는 뒤도 돌아보지 않은 채 소리쳤다.

"그러다 마차하고 부딪히기라도 하면 어쩌려고 그래? 귀족들이 탄 마차는 우리 같은 일개 백성이야 다치든 죽든 신경조차 쓰지 않고 무조건 달린단 말이다!"

제페토의 그 말에 피노키오는 '흥!' 하고 콧방귀를 뀌었다.

'당신이나 귀족이나 다를 게 없네, 뭘! 그러는 당신은 아까 내가 어떤 기분이었을지 신경이나 썼어?'

피노키오는 그렇게 중얼거리며 달음질을 계속했다. 하지만 마음처럼 몸이 따라 주지 않았다. 속도를 내면 낼수록 온몸의 관절 마디마디가 삐걱거리며 중심을 잡을 수가 없었다. 넘어졌다 일어나기를 수차례. 그래도 제페토는 피노키오를 따라잡지 못했다. 지팡이가 없는 탓에 그의 몸은 피노키오보다 더 심하게 좌우로 흔들리고 앞뒤로 비틀거렸기 때문이다. 피노키오는 제페토에게 붙잡히지 않은 채 읍내까지 내달릴 수 있었다.

"저 녀석을 좀 잡아 줘요!"

사람들은 목수 영감 제페토가 스스로 움직이는 목각인형을 쫓아가는 모습을 흥미로운 눈길로 지켜보고 있었다. 어떤 이들은 보통 사람들의 평소 걸음보다 느린 둘의 쫓고 쫓기는 광경에 어깨까지 들썩이며 키득거렸고, 또 다른 사람들은 편을 갈라 제페토와 피노키오를 제각각 응원하고 있었다.

"난 저 목각인형이 불쌍해. 몹시도 가난한 데다 이미 하얗게 늙어 희망이 거의 보이지 않는 저 제페토의 후원을 받게 된다니……. 그야말로 저 목각인형은 앞날은 깜깜할 테고, 하루하루는 끔찍할 거야."

"하지만 제페토는 좋은 사람이야. 얼마 전에는 길거리에서 고장 난 내 손수레도 고쳐 주었는걸! 늙고 가난한 게 자랑일 수는 없지만, 비난의 대상이 되어서는 안 된다고 생각해."

"그렇기는 하지만 목각인형이 안쓰럽잖아."

"그건 그래!"

그 사이 제페토의 고함을 들은 마을 보안관이 소동이 빚어진 그 현장으로 출동했다. 보안관은 곧바로 피노키오를 뒤쫓았다. 피노키오는 자신의 넘어질 듯한 달리기 때문에 보안관이 갈피를 잡지 못하는 바람에 더 멀리까지 도망갈 수도 있었지만, 슬쩍 뒤를 돌아보다가 유난히 긴 코가 보안관의 손에 잡히는 바람에 뒤뚱거리며 달리던 뜀박질을 멈출 수밖에 없었다.

보안관은 뒤쫓아 오던 제페토를 기다렸다가 피노키오와 함께 경찰서로 데려갔다. 그리고 조사를 진행한 결과 '제페토는 가난해서 후견인 역할을 제대로 할 수 없음에도 욕정에 눈이 멀어 나이 어린 피노키오를 강제로 범한 사실이 인정됨'이라는 결론을 내렸다. 제페토에게는 두 달 동안 감옥살이를 해야 한다는 판결이 떨어졌다.

포승줄에 묶여 감옥으로 끌려가던 제페토가 피노키오를 향해 투덜거렸다.

"나쁜 녀석 같으니라고! 이런 일이 벌어질 줄 알았으면 만들기 전에 한 번 더 생각해 볼 걸 그랬어. 너를 만드는 내내 말 잘 듣는 아이가 되기를 빌었는데……, 내가 괜한 짓을 한 모양이구나!"

제페토는 그렇게 감옥살이를 시작했다.

자세한 내막까지 알 리 없는 마을 사람들은 목수 제페토를 불쌍하게 여겼다. 반면에 피노키오는 말썽꾸러기에 사고뭉치가 분명하다고 수군거렸다. 사람들의 그런 눈초리는 피노키오에게 상당한 스트레스를 안겨 주었다. 그래서 감옥에 간 제페토를 대신해 집안일을 돌보며 이러쿵저러쿵 잔소리해 대는 이웃집 할아버지를 망치로 내리쳐 죽여 버렸다.

그 이후 제페토의 목공소는 피노키오의 놀이터가 되었다. 하지만 피노키오는 금세 시들해졌다. 사고를 치거나 말썽을 부리는 등 자질구레한 못된 짓은, 누군가 잔소리를 해 대는 사람이 옆에 있을 때 해야 신이 난다는 사실을 피노키오는 처음 알게 되었다.

매 순간이 무료해진 피노키오는 어느 날 오후 제페토의 목공소를 나섰다. 아는 곳이 없는 만큼 목적지도 정하지 않고 정처 없이 걷다 보니 바닷가에 버려진 듯한 허름한 창고가 보였다. 피노키오는 몸을 옆으로 비튼 뒤 살짝 열린 문틈을 통과해 안으로 들어갔다.

빛이 거의 들지 않아 어두컴컴한 창고 안에는 양어장만 한 거대한 수조가 있었다. 피노키오의 사파이어 빛 눈동자가 어둠에 적응하자 수조에 담긴 온갖 것들이 어슴푸레 보이기 시작했다.

수조는 그야말로 먹다 버린 음식 쓰레기 처리장과도 같았다. 피노키오는 아직 냄새에 익숙하지 않았는데도 코가 마비될 정도의 악취가 진동하는 것을 느낄 수 있었다. 그러니 사람들의 발길이 끊길 수밖에 없었을 터였다.

피노키오는 천천히 걸음을 옮겨 수조 가까이 다가갔다. 절반쯤 썩은 꽁치가 수조를 가득 채우고 있었다. 물론 꽁치가 전부는 아니었다. 띄엄띄엄 커다란 참치 대가리도 있었고, 팔뚝만 한 문어 다리도 보였으며, 갈가리 찢어진 사람의 옷과 모자의 흔적도 눈에 띄었다. 그 모든 것들이 한데 엉켜 썩어 가는 중이었다.

피노키오가 인기척을 느낀 건 바로 그 순간이었다.

"으흐흐음!"

흠칫 놀란 피노키오가 뒷걸음질을 치다가 미끄럽고 물컹한 해파리 몸뚱이를 밟는 바람에 벌러덩 넘어지고 말았다. 피노키오는 바닥에 널브러진 채 소리가 나는 곳으로 팔을 뻗어 더듬거려 보았다. 소리를 낸 주인공은 분명 사람이었다. 하지만 사방에 널린 꽁치나 문어나 참치처럼 온몸이 절반쯤 썩어 녹아내린 바람에, 남자인지 여자인지 누워 있는지 엎어져 있는지조차 분간하기 어려웠다.

그러니 말을 할 수 없는 건 너무나 당연해 보였다. 그가 할 수 있는 건 오직 자신의 고통을 한껏 우려내 '으흐으흐!' 하는 소리를 냄으로써 누군가에게 구원을 청하는 것뿐이었다.

피노키오는 생각했다.

'이 사람에게 있어서 구원이란 과연 무엇일까?'

그리고 곧 결론을 내렸다.

'이 자가 꿈꾸는 구원은 분명 죽음일 거야!'

상체를 일으켜 세운 피노키오는 엉금엉금 기어 그 사람에게 다가갔다. 그리고 반쯤 사라진 그의 몸을 더듬어 목을 찾아 움켜쥔 뒤 손아귀에 지그시 힘을 가했다.

그의 목구멍에서 가르릉거리는 소리가 멈출 때쯤, 창고 출입문 틈으로 두 사람이 들어왔다. 이미 어둠에 익숙해진 피노키오는 그들을 볼 수 있었지만, 두 사람은 피노키오를 발견하지 못했다.

그중 한 사람이 말했다.

"내가 널 금화 더미에 파묻혀 수영할 수 있게 해 주겠다니까!"

"정말이야?"

"잔소리 말고 한번 믿어 봐!"

"알았어. 믿어, 믿는다고!

피노키오는 재빨리 두 사람의 생김새를 확인한 뒤 조심스럽게 창고를 빠져 나왔다.

두 달이 지나 감옥에서 풀려난 늙은 목수 제페토가 집으로 돌아왔다. 세상천지 어디에도 갈 데가 없었던 피노키오는 하는 수 없이 제페토와 함께 살게 되었다. 후견인 제페토와 피후견인 피노키오의 동거가 본격적으로 시작된 셈이었다.

징역살이하는 동안 어떤 생각을 했는지, 제페토는 피노키오를 무척 아꼈다. 비록 가난하기는 했지만 후견인으로서 할 수 있는 모든 일에 최선을 다했다. 제페토는 특히 피노키오가 평범한 소년의 삶을 살 수 있도록 배려를 아끼지 않았다. 이런저런 잔소리도 하지 않았다. 다만 한 가지, 밤이 되면 여전히 피노키오의 두 다리 사이에 자신의 성기를 꽂아 넣는 습성만큼은 버리지 못했다.

새 학기가 시작되자 제페토는 피노키오를 학교에 입학시켰다. 돈이 없어 책을 살 형편이 되지 않자 자신의 겉옷을 팔아 교과서를 사 주기까지 했다. 하지만 학교로 향하는 피노키오의 발걸음은 그저 무겁기만 했다. 누구와 마주치든 평범한 소년인 척 행동했지만, 나이테 표시가 선명하게 박혀있는 자신의 팔뚝을 보며 자괴감을 느낄 수밖에 없었다.

그러던 어느 날, 마을 어귀에 서커스단이 들어와 천막을 쳤다. 가뜩이나 가기 싫은 학교였지만 피노키오는 꾸역꾸역 교문 앞까지 억지 걸음을 옮겼다. 동급생 아이들이 무리를 지어 시끌벅적 학교로 들어서고 있었다. 피노키오는 그중 한 아이를 불러 세워 가방과 책들을 통째로 팔아 버렸다.

교문 앞에서 발걸음을 돌린 피노키오가 달려간 곳은 서커스 천막이었다. 서커스 공연은 학교에서 공부하는 것보다 수백 수천 배는 더 재미있었다. 게다가 웃음기라고는 눈을 씻고 찾아봐도 보이지 않는 근엄한 표정의 선생님도 없었다. 신이 난 피노키오는 자신도 모르는 사이에 무대로 뛰어 올라가 마리오네트 공연을 하고 말았다.

그런데 반응이 엄청났다. 그 어떤 공연보다 뜨거운 박수가 객석에서 터져 나왔다. 피노키오 덕분에 성공적으로 첫 공연을 마친 서커스 단장이 금화 다섯 닢을 쥐여 주었다. 피노키오는 뛸 듯이 기뻤다. 난생처음 돈을, 그것도 시골 마을에서는 구경조차 하기 어려운 금화를 다섯 닢이나 벌었기 때문이다.

처음으로 자부심을 느낀 피노키오는 마주치는 사람마다 소매를 붙잡아 세워 미주알고주알 자랑하며 집으로 향했다. 그렇게 절반쯤 걸었을 때, 어디선가 본 듯한 느낌의 두 사람이 피노키오를 불러 세웠다. 그 둘은 장애인처럼 보였는데 한 사람은 다리를 절었고, 다른 한 사람은 눈이 보이지 않는 듯했다.

그중 다리가 불편한 사람이 절름거리며 다가와 귓속말을 했다.

"나는 네가 가진 금화 다섯 닢을 열 개로, 열 개를 다시 스무 개로 불릴 방법을 알고 있지."

깜짝 놀란 피노키오가 큰 소리로 되물었다.

"어떻게 하면 금화가 두 배씩 늘어나는 거예요?"

그러자 절름발이가 재빨리 손가락을 들어 입을 틀어막으며 목소리를 낮추라는 몸짓을 한 뒤, 말을 할 때마다 퀴퀴한 냄새가 풍겨 나오는 입을 피노키오의 귓바퀴에 바싹 들이댔다.

"이건 비밀인데, 착한 아이 같아서 특별히 네게만 알려 주지."

"고맙습니다!"

"보통 사람들은 무식해서 모르지만, 금화라는 건 마치 열매와 같아서 땅에 심어 놓고 한 계절이 지나면 금화 나무가 싹을 틔운단다. 그렇게 해서 자라기 시작한 나무는 통째로 황금일 뿐만 아니라, 가을이 되면 금화가 복숭아처럼 주렁주렁 열려. 그러니 금화 다섯 개가 열 개로, 그것이 또 스무 개에서 마흔 개로 불어나는 건 단지 시간문제라고 할 수 있지."

"아, 그렇구나!"

바로 그때 옆을 지나치던 마을 이야기꾼 아저씨가 피노키오에게 경고했다.

"피노키오, 그건 거짓말이야! 그 사람 말대로 했다가는……."

하지만 이야기꾼은 하던 말을 끝마칠 수가 없었다. 아무것도 보이지 않는 척 두 팔을 들어 더듬거리던 장님이 눈을 번쩍 뜨더니 주머니칼을 꺼내 그의 목을 단번에 베어 버렸기 때문이었다.

소스라치게 놀란 피노키오가 뒷걸음질을 치며 외쳤다.

"아저씨들, 뭐예요! 아무 잘못도 없는 사람을 왜 죽인 거냐고요?"

그러자 장님인 척했던 사내가 온갖 인상을 쓰며 피노키오에게 다가와 어깨동무를 하더니 나지막이 중얼거렸다.

"죽은 이야기꾼 대신 내가 충고 한마디 하마. 그건 말이지, 말을 많이 하면 언제 어떻게 목숨이 날아갈지 모른다는 사실이야."

절름발이와 장님 흉내를 냈던 두 남자는 피노키오를 근사한 여관으로 데려갔다. 여관 옆에는 고급 식당이 있었는데, 그들은 피노키오가 먹고 싶어 하는 모든 음식을 시켜 주었다. 덕분에 피노키오는 먹는다는 것이 얼마나 행복한 일인지를 난생처음 알게 되었고, 배가 터지기 직전까지 먹고 또 먹었다.

수많은 음식을 양껏 먹어 치운 피노키오는 이내 식곤증이 몰려왔다. 피노키오는 여관으로 돌아가자마자 쓰러지듯 퍼질러누워 깊은 잠에 빠져들었다. 시간이 얼마나 지났을까, 뭔가 이상한 느낌에 잠에서 깨어난 피노키오는 강도로 돌변한 두 사내 앞에 무방비 상태로 놓여 있는 자신을 발견했다.

그들은 장애인 행세를 하며 길거리에서 구걸하다 만만한 먹잇감을 만나면 수단과 방법을 가리지 않고 달려드는 파렴치한

들이었다. 모든 상황을 파악한 피노키오. 어떻게든 위험에서 벗어나고 싶었던 피노키오는 금화를 재빨리 꺼내 입속에 넣어 버렸다.

그때부터 강도들의 매질이 시작되었다. 맞고, 맞은 데를 또 맞고, 그 위에 더욱 강한 몽둥이질이 가해졌다. 그러다 새벽녘이 다가오자 절름발이 행세를 하던 사내가 피노키오의 입을 억지로 벌려 금화를 꺼내려고 했다. 피노키오는 기다렸다는 듯, 입속으로 들어온 손가락을 와지끈 물어 뜯어내 버렸다.

독기가 잔뜩 오른 두 강도는 밧줄로 피노키오의 목을 묶어 천장에 매달아 버렸다. 하지만 나무토막으로 만들어진 피노키오의 숨이 쉽게 끊어질 것 같지 않자 그대로 내버려 둔 채 도망쳐 버렸다.

비록 보통 사람들과는 다른 목각인형이었지만 피노키오는 죽음과도 같은 고통을 느끼고 있었다. 몸무게 때문에 시간이 흐를수록 목을 감은 밧줄은 자꾸만 조여 들었고, 발버둥을 치면 칠수록 혓바닥만 입 밖으로 길게 나와 축 늘어져 갈 뿐이었다.

제대로 숨을 쉴 수도 없었고, 컥컥거리는 소리마저 낼 수 없는 상황에 이르자 피노키오의 눈에서 눈물이 한 방울 또르르 떨어졌다. 피노키오는 그때 처음 자신도 눈물을 흘릴 수 있는 존재라는 사실을 알게 되었다. 하지만 이제 곧 죽을 운명이었다. 시간의 흐름과 함께 조금씩 사람과 비슷해져 가고 있다는 사실이 가슴을 더욱 아리게 할 뿐이었다.

피노키오에게 구원의 손길이 와 닿은 건 바로 그때였다.

여관 청소를 하던 소녀가 천장에 매달려 죽어 가는 피노키오를 발견해 밧줄을 풀어 준 것이었다. 소녀는 서둘러 피노키오를 데려가 푹신한 침대에 반듯하게 눕힌 뒤, 의사에게 사람을 보내 왕진을 부탁했다.

처음 왕진을 온 의사가 피노키오를 진찰하더니 고개를 절레절레 흔들었다. 그리고 의사 생활 오십 년 만에 이런 환자는 처음 본다면서 자신이 진찰한 소견을 밝혔다.

"이 환자는 죽지 않고 버틴다면 살아날 것이오!"

피노키오 곁을 지키고 있던 소녀가 두 눈을 동그랗게 뜨고 되물었다.

"뭐라고요?"

"이 환자가 버티지 못하면 죽을 거란 말입니다."

소녀가 고개를 끄덕이며 혼잣말처럼 중얼거렸다.

"그건 의사가 아닌 누구라도 다 아는 사실인데……."

잠시 후 두 번째 의사가 도착했다. 하지만 그 의사의 소견 역시 별다른 차이가 없었다. 환자가 숨을 쉬면 살 테지만, 그러지 못하면 죽고 말 거라는 얘기였다. 그런 중에도 피노키오는 고통스러운 신음을 내뱉으며 몸을 뒤척였고, 비 오듯 흘려 대는 식은땀으로 침대는 축축하게 젖어 가고 있었다.

불안과 초조함이 뒤섞인 시간이 속절없이 흘러가는 가운데, 세 번째 의사가 도착했다. 가까스로 실눈을 뜨고 의사의 얼굴을 확인한 피노키오는 자지러질 듯 놀랐다. 세 번째 의사는 분명히 아는 얼굴이었다. 제페토가 징역살이를 시작한 직후, 피노키오에게 이러쿵저러쿵 잔소리해 대다 망치에 맞아 죽은 이웃집 할아버지였다.

피노키오는 이제 꼼짝없이 죽을 수밖에 없다는 생각이 들었다. 진심으로 걱정스러운 마음에 잔소리를 했던 할아버지의 목숨을 가장 끔찍하고 처참한 방법으로 빼앗아 버린 피노키오였다. 피노키오는 이웃집 할아버지가 그런 자신을 용서해줄 리가 없다고 여겼다. 치료는커녕 의료용 칼을 치켜들어 있는 힘껏 심장을 찔러 버릴지도 모를 일이었다.

피노키오의 그런 예상은 완전히 빗나가고 말았다. 할아버지 의사는 그 어떤 원망의 기색도 섞이지 않은 눈빛으로 피노키오를 한참 동안 바라보더니, 불과 얼마 전 자신의 목숨을 앗아 간 원흉에 대한 감정이라고는 눈곱만큼도 보태지 않은 낮고 차분한 목소리로 말했다.

"이 말썽꾸러기 피노키오야! 내가 얼마 전에 한 경고 기억나지?"

"뭐, 뭔 경고요?"

"네 마음속 가득한 불만을 다스려야 한다는 충고 말이다. 네가 아무리 몸부림치며 반항해도, 넌 결국 너를 깎고 다듬어 세상 구경을 시켜 준 제페토에게 돌아갈 수밖에 없어. 다시 말해서 너는 평생 제페토를 떠날 수 없을 뿐만 아니라, 마지막 순간까지 제페토를 생각하다 죽게 될 거야."

"아……!"

피노키오의 입에서 나지막한 탄식이 터져 나왔다. 제페토만 생각하면 밤마다 자신의 허벅지 사이를 비집고 들어온 그의 징그럽고 흉물스러운 물건이 먼저 떠올랐기 때문이었다.

"하지만 지금은 아니야."

"예?"

"지금 당장 죽지는 않을 거라고!"

"……!"

할아버지 의사는 그 말을 마지막으로 자취를 감추었다. 피노키오는 애써 멀찌감치 떨어져 눈치를 살피고 있던 소녀에게 가까이 오라는 눈짓을 보냈다. 그리고 소녀가 다가오자 조심스럽게 물었다.

"여기가 어디야?"

의사들이 오기 전에도 그랬고, 그들이 떠난 이후에도 그랬다. 분명히 거대한 저택인 것만 같은데, 사람은커녕 개미 새끼한 마리 움직이는 기척조차 느껴지지 않았다. 그러니 호기심많은 피노키오가 궁금해하지 않을 수가 없었다.

소녀가 대답했다.

"이곳은 사람이 살지 않는 집이야."

피노키오가 되물었다.

"넌 지금 여기 있잖아. 나를 이곳으로 데려오기도 했고……."

소녀의 입가에 의미를 알 수 없는 미소가 스쳐 지나갔다.

"나는 이미 죽은 사람이야."

피노키오의 파란색 눈동자가 그 어느 때보다 커졌다.

"죽었어? 네가 산 사람이 아니라고?"

소녀가 고개를 끄덕였다.

"이곳은 삶과 죽음의 중간 지점이야. 그리고 난 지금 여기서 내 몸뚱이를 담을 관을 기다리던 중이고……."

"과, 관을 기다린다고?"

"그래, 내 관을……."

소녀가 고개를 끄덕이며 눈에 보이는 듯도 하고, 보이지 않는 듯도 한 몸짓으로 방을 한 바퀴 돌았다. 그 모습을 지켜보면서 피노키오는 어렴풋이 소녀가 한 말의 의미를 짐작할 수 있었다.

"그렇다면 혹시……?"

"혹시, 뭐?"

"그, 그러니까……."

"널 삶의 공간으로 돌려 보내 줄 수 있느냐고?"

속마음을 들킨 피노키오의 대답이 버벅거렸다.

"으응? 응!"

그러자 소녀가 다가와 피노키오를 살며시 보듬어 주었다.

"걱정하지 마, 내가 있으니까. 대신 나한테 네 이야기를 들려줘."

"어떤 이야기?"

"널 이 지경으로 만든 강도들이 금화가 어쩌고저쩌고 하던데, 그들이 말한 금화는 도대체 어디에 있는 거야?"

소녀의 질문에 피노키오는 생각했다. 이 모든 불행의 시작은 금화로부터 비롯되었다는 것을. 그러니 금화의 정체를 밝히지 않는 것이 바람직할 거라는 결론을 내렸다.

피노키오가 대답했다.

"어쩌다 보니 잃어버렸어."

하지만 금화 다섯 닢은 사실 피노키오의 주머니 속에 들어 있었다. 비록 좋은 의도가 있었다고 할지라도 피노키오는 명백한 거짓을 말한 것이었다. 그런데 거짓 대답이 끝나자마자 피노키오의 코가 '쑤욱!' 하고 커졌다.

소녀는 믿어지지 않는다는 듯한 눈빛을 하며 다시 물었다.

"어디서 잃어버렸는데?"

"글쎄, 그게 식당이었는지 여관이었는지 잘 모르겠네!"

거짓말과 동시에 피노키오의 코가 또 한 번 쑤욱 자랐다.

"아, 그랬구나. 그렇다면 내가 사람들을 시켜 잃어버린 금화를 찾아 줄게. 이곳 사람들은 크고 작은 어떤 물건이라도 금세 찾아내는 대단한 능력을 갖고 있거든."

소녀의 말에 당황한 피노키오는 다시 한 번 거짓말을 했다.

"곰곰이 생각해 보니 입안에 숨기고 있다가 놀라서 삼켜 버린 것 같아."

피노키오의 코는 이제 걷잡을 수 없이 커지고 말았다. 거듭해서 쑥쑥 자란 코가 너무 길어져 피노키오는 이제 고개를 돌릴 수 없을 정도가 되고 말았다. 소녀는 그런 피노키오를 보며 까르르 웃음을 터뜨렸다.

"왜 웃는 거야!"

피노키오가 짜증 섞인 목소리로 외쳤다.

"뻔히 들여다보이는 네 거짓말이 너무 웃기잖아!"

피노키오는 흠칫 놀라며 목소리 톤을 낮추었다.

"내가 거짓말하는 걸 어떻게 알았어?"

"이 세상 거짓말에는 두 가지 종류가 있는데 하나는 다리가 짧아지는 거짓말이고, 다른 하나는 코가 커지는 거짓말이야. 그런데 조금 전 너는 코가 커지는 거짓말을 여러 차례 반복했어. 그래서 고개를 자연스럽게 돌릴 수조차 없게 되어 버렸잖니!"

소녀의 대답에 절망한 피노키오는 그나마 남아 있던 한 올의 힘마저 몸에서 남김없이 빠져나가, 물을 잔뜩 머금은 솜처럼 땅바닥에 들러붙는 듯한 느낌을 받았다.

"그렇다면 내 코는 영원히 이 모습인 거야?"

소녀가 야릇한 웃음을 머금으며 말했다.

"하지만 나는 네 코가 마음에 들어!"

소녀는 실의에 빠진 피노키오를 위로해 주기 위해 두 팔을 한껏 벌려 꼬옥 안아 주었다. 그 순간 피노키오의 가슴속에서는 까닭을 알 수 없는 감정의 폭풍이 휘몰아쳤다. 어정쩡하게 올라간 피노키오의 두 팔은 소녀를 껴안지도 밀어내지도 못한 채 허공만을 휘젓고 있었고, 목수 영감 제페토와는 전혀 다른 소녀의 보드라운 감촉은 피노키오의 정신을 순식간에 몽롱한 상태로 내몰아 버렸다.

소녀는 피노키오의 그런 심리 상태를 전혀 짐작하지 못하는 듯했다. 곧이어 아무렇지도 않은 표정으로 껴안았던 팔을 푼 소녀는 한 걸음 뒤로 물러서더니 잔뜩 길어진 피노키오의 코를 사정없이 움켜쥐었다.

"딱 이 정도 길이가 좋을 거 같아."

소녀는 그 말과 동시에 피노키오의 코를 와지끈 부러뜨려 버렸다. 피노키오의 긴 코는 순식간에 얼굴에서 한 뼘 반 정도만 남게 되었다. 피노키오는 참을 수 없는 고통을 느꼈다. 하지만 비명을 내지를 수가 없었다. 입을 벌려 통증을 호소하려는 순간, 갑자기 다가온 소녀의 입술이 호흡마저 새나가지 못할 만큼 강하게 덮쳐 버렸기 때문이었다.

피노키오는 그 순간 생각했다.

난생처음 눈을 뜬 순간 경험했던 제페토의 입맞춤과 크게 다르지 않은 상황이었다. 하지만 그 느낌은 완전히 달랐다. 제페토의 입맞춤은 끝없는 역겨움과 구역질을 불러일으켰지만, 소녀의 입맞춤은 잘 익은 복숭아를 깨물었을 때보다 백배 천배나 더 달콤하고 감미로웠다.

잠시 후 소녀의 입술은 부러뜨린 코끝으로 옮겨 상처 부위를 문질러 주었다. 그러자 거짓말처럼 통증이 사라지면서, 크기를 알 수 없는 야릇한 전류가 배꼽 부근에서 생겨나 온몸으로 퍼져 나가기 시작했다. 그 야릇한 전류는 이상한 힘을 갖고 있었다. 온몸의 힘을 빼앗아 간 듯하면서도 불끈거리게 했고, 또렷했던 정신을 몽롱한 상태로 몰아간 듯하면서도 그 어느 때보다 집중하게 해 주었다.

곧이어 소녀는 아예 혓바닥까지 날름거리면서 콧잔등을 쓰다듬어 주었다. 통증을 줄여 주려는 것인지, 침을 바르는 것인지 알 수가 없었다. 만약 상대가 제페토였다면 모욕감을 견디다 못한 피노키오는 분명 있는 힘껏 머리통을 들이받아 반죽음을 만들어 버렸을 터였다.

하지만 혓바닥의 주인은 소녀였다.

불쾌함이나 굴욕감 대신, 짜릿짜릿한 쾌감이 온몸을 훑고 지나갔다.

피노키오의 코에 침을 잔뜩 바른 소녀가 고개를 들었다. 그녀의 양 볼이 발갛게 달아올라 있었다. 피노키오가 소녀의 얼굴을 바라보고 있는 사이, 그녀는 입고 있던 자신의 하얀 치마를 허리춤까지 걷어 올렸다. 처음부터 속옷을 입지 않고 있었던 모양인지, 단번에 소녀의 음부가 고스란히 드러났다. 통나무에 찍힌 도끼 자국처럼 작게 솟은 언덕이 갈라지기 시작하는 곳에는 아직 다 자라지 않은 음모 몇 올이 수줍은 듯 배배 꼬여 있었다.

소녀는 침이 묻어 촉촉해진 피노키오의 코를 잡아 자신의 음부 입구에 끝을 맞추었다. 그러더니 거칠 것 없이 엉덩이를 들이밀어 한 뼘 반이나 되는 코를 순식간에 삼켜 버렸다. 그와 동시에 소녀와 피노키오의 입에서 약속이라도 한 것처럼 '흐읍!' 하는 신음소리가 터져 나왔다.

피노키오는 당혹스러웠다. 얼굴에 엉덩이를 들이대고, 코를 음부에 쑤셔 넣는 치욕을 당하다니…… 하지만 어찌 된 일인지 기분이 나쁘지 않았다. 게다가 소녀는 어느새 피노키오의 바지를 벗겨 성기를 꺼낸 뒤 후루룩거리며 빨아 대기 시작했다. 그러자 꽈리고추처럼 말라 비뚤어져 있던 성기가 거짓말을 할 때마다 커졌던 코처럼 울퉁불퉁 쑥쑥 자라기 시작했다.

피노키오의 성기가 커질수록 소녀의 호흡은 더욱 거칠어졌고, 엉덩이 움직이는 속도 역시 그에 비례해 빨라지고 있었다. 그러던 어느 순간, 소녀의 허리가 두세 차례에 걸쳐 크게 요동을 쳤다. 그러고 나서 '아흐흑!' 하는 신음 소리를 신호로 그녀의 음부에서 말간 체액이 쏟아져 나와 몸속 깊이 박혀 있는 코를 제외한 피노키오의 얼굴 전체를 촉촉하게 적셔 버렸다.

바로 그 순간, 소녀의 입속을 가득 채우고 있던 피노키오의 성기 역시 우윳빛 정액을 분수처럼 발사했다. 소녀는 그 어느 때보다 더 거친 호흡을 몰아쉬면서도 단 한 방울의 정액도 흘리거나 뱉어 내지 않았다.

소녀는 피노키오가 자신과 함께 삶과 죽음의 경계에 있다는 그 저택에 남아 주기를 바랐다. 둘만의 은밀한 첫 경험은 사실 맛보기 정도에 불과하다며, 헤아릴 수 없이 많은 밤과 낮을 행복한 시간들로 가득 채우자고 유혹했다. 하지만 피노키오는 고개를 가로저었다. 피노키오가 휘두른 망치에 맞아 죽은 이웃집 할아버지 의사의 말처럼, 자신을 만들어 준 아버지이자 후원자인 제페토를 버려서는 안 된다는 생각 때문이었다.

진작부터 피노키오의 이런 마음을 꿰뚫고 있던 소녀도 더는 떼를 쓰거나 붙잡지 않았다. 피노키오는 그렇게 저택을 나섰다. 하지만 열 걸음도 채 걷기 전에 소녀가 보고 싶어졌다. 더 솔직하게 말하자면 그녀의 부드러운 입술과 탐스러운 가슴과 코가 뿌리째 뽑히는 듯한 충격을 받을 만큼 엄청난 흡입력을 가진 소녀의 음부가 매 순간 머릿속을 맴돌고 있었다.

잠시 걸음을 멈춰 서서 고민을 거듭하던 피노키오의 몸이 방향을 바꿔 저택을 향했다. 하지만 그 웅장하던 저택은 보이지 않았다. 저택이 있던 그 넓은 자리를 작은 무덤 하나가 덩그러니 지키고 있을 뿐이었다. 피노키오의 입에서 탄식보다 진한 신음이 터져 나왔다.

"아……!"

삶과 죽음의 경계에서 피노키오는 이승을 선택했다. 하지만 소녀는 영원히 돌아올 수 없는 저승으로 떠났다. 두 사람은 이제 영원히 만날 수 없게 된 것이었다.

읍내에 도착한 피노키오는 우선 장애인으로 꾸민 두 강도를 찾아 나섰다. 바닷가의 버려진 창고를 본거지로 삼아 많은 사람을 처참하게 죽인 그들이었다. 게다가 자신을 속여 금화를 빼앗으려 했던, 하지만 뜻을 이루지 못하자 엄청난 매질과 고문에 이어 밧줄로 목을 묶어 매달아 놓고 도망간 두 악당을 찾아 복수의 쓴맛을 보여 주고 싶었다.

행운인지 불행인지 알 수 없는 일이지만, 두 강도는 금세 피노키오의 시야에 들어왔다. 그들은 피노키오가 예상했던 대로 많은 사람이 오가는 읍내 사거리 근방에서 구걸하면서 단번에

거액을 빼앗을 수 있는 먹잇감을 찾아 눈알을 번뜩이고 있었다.

피노키오는 마치 아무 일도 없었던 것처럼 금화를 꺼내 보이며 두 사람을 유혹했다. 피노키오의 등장에 흠칫 놀란 가짜 절름발이와 봉사는 뭔가 미심쩍은 마음이 드는 듯 귓속말을 주고받았다. 하지만 세상에서 가장 천진난만한 표정을 짓고 있는 피노키오의 얼굴을 다시 한번 확인하더니 낄낄거리며 뒤를 따라왔다.

피노키오는 두 사람을 처음 보았던 바닷가의 버려진 창고로 향했다. 그리고 썩은 냄새가 진동하는 창고 안으로 유인해 들어간 다음, 미리 준비해 놓은 몽둥이를 들어 흠씬 두들겨 패 주었다. 그러고는 그들이 자신에게 했던 것처럼 밧줄로 목을 감은 뒤 꽁치가 썩고 있는 수조에 담갔다가 천장에 매달기를 반복했다.

그런데 불과 몇 분도 지나지 않아 두 사람의 호흡이 끊어지면서 목이 힘없이 뒤로 꺾였다. 훨씬 더 험한 꼴을 보여 주어야 했는데, 피노키오는 처음으로 인간이 부럽다는 생각을 했다. 유감스럽게도 그 두 강도는 자신이 준비해 둔 본격적인 고문이 시작되기도 전에 죽어 버렸다.

피노키오는 두 사람의 사체를 수조 속에 사정없이 쑤셔 박아 두 번 다시 떠오르지 못하게 해 놓은 뒤, 제페토가 기다리고 있을 집 쪽으로 걸음을 옮겼다. 하지만 피노키오는 제페토의 집에 도착할 수 없었다. 느닷없이 몰려온 엄청난 해일이 읍내와 주변 마을을 덮쳐 순식간에 쑥대밭으로 만들어 버렸기 때문이다.

피노키오 역시 마을의 뒷동산보다 더 높은 파도에 휩쓸리는 바람에 잠시 정신을 잃고 말았다. 하지만 피노키오는 나무였다. 보통 사람들과는 달리 가만히 있으면 물 위에 둥둥 뜨니 물에 빠져 익사할 걱정은 하지 않아도 괜찮은 존재였다.

한참 만에 정신을 차린 피노키오는 제페토를 찾기 위해 헤엄을 치기 시작했다. 하지만 부서진 집과 살림살이와 쓰레기, 그리고 소, 돼지, 양, 닭 등 여러 종류의 가축에 사람들까지 뒤섞여 아수라장이 된 바다 한가운데서 제페토를 찾기란 거의 불가능한 일이었다.

그래도 피노키오는 포기하지 않았다. 밉고 싫어도 제페토는 자신을 만들어 세상에 내보내 준 아버지이자 후견인이기 때문이었다. 피노키오는 있는 힘을 다해 팔다리를 움직였다. 나름대로 속도를 내고 있었지만, 피노키오는 그저 답답하기만 했다.

그 사이 어둠이 내려앉았고, 또 시간이 흘러 새로운 날의 시작을 알리는 새벽빛이 밝아올 때까지 피노키오는 멈추지 않았다. 하지만 여전히 제페토를 찾아내지는 못했다. 게다가 하루 밤낮 동안 바닷속에 있었던 터라 피노키오의 몸뚱이가 물을 빨아들여 무거워지기 시작했다.

피노키오는 징역살이를 끝내고 집으로 돌아온 제페토가 한 말을 떠올렸다.

'네 몸에 있는 수십 개의 관절 사이사이에 고무를 덧대면 훨씬 편하게 움직일 수 있을 거야. 그리고 나는 네게 물이 스미지 않고 반짝반짝 빛나는 피부를 선물하고 싶어. 그래서 조만간 니스 칠을 할 예정이란다.'

하지만 니스 칠을 하기 전날 마을에 서커스가 들어왔고, 그곳에서 금화 다섯 닢을 받는 바람에 이런저런 복잡한 일들이 꼬리에 꼬리를 물고 이어져 오늘에 이르게 되었다.

자꾸만 무거워지는 몸 때문에 녹초가 된 피노키오가 중얼거렸다.

"미안해요, 제페토! 앞으로는 말썽 피우지 않을게요."

그러고 나서 큰소리로 외쳤다.

"그러니 내게 힘을 줘요, 제발!"

바로 그 순간, 기적 같은 일이 일어났다.

태양이 절반쯤 떠오른 수평선 언저리에, 구부정한 제페토의 등허리가 어른거리고 있었다. 피노키오는 죽을힘을 다해 물살을 헤쳤다. 하지만 잔뜩 무거워진 몸은 앞으로 나아갈 기미를 보이지 않았다.

피노키오는 절망했다.

바로 그 순간, 기가 막힌 생각이 떠올랐다.

'거짓말!'

소녀는 피노키오가 거짓말을 할 때마다 코가 쑥쑥 자란다고 했다.

오랜만에 표정이 밝아진 피노키오가 목청껏 소리치기 시작했다.

"나는 엄청나게 착한 놈이다!"

거짓말이 끝나자마자 코가 쑤욱 자랐다.

거짓말, 거지잇말, 거지이잇말······!

코가 쑥, 코가 쑤욱, 코가 쑤우욱······!

그렇게 한참이 지나자 잔뜩 늘어난 피노키오의 코가 제페토의 옆구리를 쿡 찔렀다. 피노키오는 그렇게 제페토를 구조한 뒤, 마지막 남은 힘을 끌어모아 뭍으로 끌어올렸다. 그런데 물 밖으로 나온 제페토의 몸을 살펴보니 아예 만신창이가 되어 있었다.

왼팔은 부러지고 뒤틀려 손바닥과 손등의 위치가 거꾸로 된 상태였고, 오른쪽 다리 허벅지 아랫부분은 이미 상어 밥이 된 듯, 눈에 보이지 않았다. 게다가 이마가 깨져 피를 흘리는 바람에 멸치 떼를 끌어들여 얼굴 역시 절반 이상이 사라져 버렸다. 가슴과 배 사이에는 큼지막한 나무토막 하나가 꽂혀 있고······.

피노키오는 그런 제페토를 한참 동안 바라보았다.

그리고 잠시 후, 두 손을 뻗어 제페토의 목을 조르기 시작했다.

순간 제페토가 남아 있는 한쪽 눈을 크게 떴다. 흠칫 놀란 피노키오가 손에 힘을 뺐다. 제페토가 거의 알아들을 수 없는 작은 목소리로 말했다.

"피, 피노키오. 나, 나야. 제……페토!"

피노키오가 짧게 대답했다.

"알고 있어요!"

제페토의 목소리가 이어졌다.

"그, 그런데 어떻게 나를……."

피노키오가 단호한 어조로 말을 잘랐다.

"내가 이러는 건, 당신이 제페토이기 때문이에요!"

피노키오는 손아귀에 다시 힘을 줬다. 곧이어 제페토의 머리가 한쪽으로 힘없이 꺾였다. 피노키오는 아직 온기가 남아 있는 제페토의 한쪽 얼굴에 자신의 뺨을 갖다 댔다. 마치 사람의 기운을 빨아들여 초능력을 얻으려는 마귀의 모습과도 같았다.

나는 피노키오다.

나는 나를 세상에 내보낸 목수 영감 제페토의 목숨을 빼앗았다.

당시 나는 오직 죽음만이 제페토를 구원해 줄 수 있다고 생각했다.

어차피 제페토는 오래 버틸 수 없는 상태였기 때문에 그의 고통을 최소화해 주는 것이 옳다고 여겼다.

나를 존재하게 해준 사람에 대한 도리……

내 행동이 그것을 충족시켜 주는 일이라고 확신했다.

하지만 시간이 지나 곰곰이 생각해 보니 내 속마음은 그것이 아니었다.

솔직하게 고백하건대, 모든 것은 내가 처음 눈을 떠 제페토의 역겨운 입맞춤을 느낀 순간 결정되었다.

제페토의 최후는 내 손으로 마무리하겠다는……

나는 그때의 결심을 실행에 옮긴 것뿐이다.

아름다운 바실리사

(러시아 전래 동화)

아주 먼 옛날, 러시아의 한 마을에 상인 부부가 살고 있었
다. 장사를 크게 하는 것은 아니어서 부자라고 할 수는 없었지
만, 알뜰살뜰 살림을 꾸려 온 덕분에 궁핍하지 않은 생활을 할
수 있었다. 더구나 귀여운 딸 바실리사가 태어나 재롱을 부리
기 시작하면서부터 이들 부부의 하루하루는 그저 행복하기만
했다.

바실리사는 부모님의 사랑을 듬뿍 받으며 무럭무럭 자랐다.
그런데 바실리사가 여덟 살 되던 해에 예기치 않은 불행이 닥
쳐왔다. 바실리사의 어머니가 원인 모를 병에 걸려 시름시름
앓기 시작한 것이다.

그러던 어느 날, 바실리사를 불러 옆에 앉힌 어머니가 숨을
힘겹게 몰아쉬며 가까스로 입을 열었다.

"사랑하는 내 딸, 엄마는 이제 떠나야 할 것 같구나."

"아니에요, 엄마! 엄마는 일어나실 수 있어요."

"우리 딸이 아리따운 아가씨가 될 때까지 돌봐 줘야 하는데……, 그럴 수 없는 이 엄마를 용서해다오. 엄마가 정말 미안해……."

"그러지 마세요, 엄마! 엄마가 없으면 아빠랑 나는 어떡하라고요!"

바실리사는 터져 나오는 울음을 꾸욱 눌러 참으며 고개를 절레절레 흔들었다. 지금껏 엄마 없는 세상은 상상조차 해본 적이 없는 바실리사였다.

"바실리사, 엄마가 떠나고 나면 네게 많은 어려움이 뒤따를 거야. 아빠는 장사 때문에 먼 길을 오가야 하니, 너를 제대로 챙겨 줄 수 없어서……."

"엄마……!"

"그러니 마음을 단단히 먹어야 해. 그래야 너 자신도 지킬 수 있고, 아빠를 돌봐 드릴 수도 있어."

"엄마, 제발……!"

소리 내어 울지는 않았지만 바실리사의 어깨가 크게 들썩이면서 양 볼에는 굵은 눈물이 흘러내렸다. 그런 딸의 모습을 슬피 바라보는 어머니의 두 눈에도 눈물이 가득 고였다. 두 모녀는 눈물이 그렁그렁해진 눈으로 서로를 한참 동안 바라보았다.

마지막 순간을 기억 속에 영원히 담아 두려는 듯이…….

잠시 후 어머니는 품속에서 작은 목각 인형을 꺼내 바실리사의 손에 쥐여 주며 드문드문 말을 이었다.

"바실리사, 그런 일이 없으면 정말 좋겠지만……, 만약에 앞으로 힘들거나 슬픈 일이 생기거든……, 이 인형한테 고민을 털어놓으렴."

"이게 뭔데요, 엄마?"

"내가 네 나이쯤 되었을 때 외할머니한테 받은 건데……, 힘들 때 속마음을 털어놓고 나면 마음이 한결 가벼워지곤 했단다. 그러니까 이 목각 인형은 앞으로 네 수호천사가……."

"알았어요. 소중하게 간직할 테니 제발 힘을 좀 내세……."

"……."

"엄마! 엄마!"

바실리사의 어머니는 그렇게 세상을 떠나고 말았다.

그로부터 몇 년 후, 바실리사의 아버지는 두 딸을 둔 이웃 마을 여인과 재혼했다. 그때부터 바실리사는 단 하루도 편할 날이 없었다. 결혼을 앞두고 아버지는 새어머니가 워낙 심성이 착해 친어머니처럼 잘해 줄 거라며 바실리사를 안심시켰다. 하지만 새어머니는 아버지가 장삿길을 떠나 집을 비울 때마다 온갖 구실을 만들어 바실리사를 구박했다.

특히 아리따운 숙녀로 성장한 바실리사의 미모에 질투심이 폭발한 두 의붓언니의 괴롭힘 때문에 바실리사의 매 순간은 지옥과도 같았다. 때로는 바실리사의 이부자리에 꿈틀거리는 뱀이나 지렁이를 던져 놓기도 하고, 때로는 바실리사가 먹을 빵 속에 모래를 한 움큼 넣어 놓기도 했다.

그러고도 모자랐던지 두 언니는 배시시 웃는 낮으로 바실리사의 두 다리를 잡아 가랑이 찢기를 했고, 봉긋이 솟아오르며 멍울이 생겨 옷깃이 스치기만 해도 아픈 젖꼭지를 꼬집어 비틀기도 했다. 심지어는 바실리사가 잠든 틈을 타 찰랑거리는 긴 머리카락을 절반쯤 태워 버리기까지 했다.

그런 가운데서도 바실리사는 오전에는 밭을 매고, 오후가 되면 땔나무를 했다. 게다가 끼니때가 되면 밥을 지어 바쳐야 했으며, 온갖 빨래에 집 안팎 청소 역시 바실리사의 몫이었다.

하루는 큰언니가 입고 있던 속옷을 벗어 휙 던져 주며 말했다.

"깨끗이, 아주 깨끗이! 내가 지금 달거리 중이라 핏자국이 있을 텐데, 새 옷처럼 흔적도 없이 말끔하게 빨아야 한다고! 알았냐?"

"아, 알았어. 언니."

"표정을 보아하니 아니꼬운 모양인데!"

"아, 아니야. 깨끗이 빨아 올게."

하지만 작은언니가 불쑥 끼어들어 악담을 퍼부었다.

"너 같은 애는 말이지, 아주 못생긴 얼굴로 태어났어야 해. 엄마 없는 애가 못생기기까지 했다면 우리도 널 조금은 불쌍하게 여겼을지 혹시 알아?"

"……!"

"힘들면 운도 복도 없이 태어난 너 자신을 원망하라고! 우린 비록 아빠한테 버림받았지만 복이 많아서 이렇게 편하게 살고 있잖니! 우리 엄마 꾐에 홀딱 넘어간 네 아빠의 돈을 펑펑 쓰면서……. 덤으로 너를 하녀처럼 마음껏 부리면서 말이야. 크크큭!"

"맞아! 네 엄마가 일찍 죽은 것도, 네 아빠가 장사꾼이라서 집을 자주 비우는 것도 다 네 팔자가 그러려니 하면서 살라고! 알았냐?"

바실리사는 대꾸할 말이 없었다. 아니, 대꾸하고 싶지 않았다. 무슨 말을 하든 더욱 험한 말들이 쏟아질 것이기 때문이었다. 바실리사는 그렇게 빨래터로 향했다.

온종일 쉴 틈 없이 계속된 노동으로 온몸에 힘이 빠진 바실리사는 비틀비틀 걸음을 옮기면서 생각했다.

'나는 정말 이렇게 복도 없이 태어난 걸까?'

바실리사는 고개를 가로저었다.

'아니야! 엄마가 살아계실 때 얼마나 행복했는데…….'

바로 그 순간, 어머니가 세상을 떠나기 전, 손에 꼬옥 쥐여준 목각 인형이 떠올랐다. 힘들거나 슬픈 일이 생기면 속마음을 털어놓으라던 목각 인형이었다. 빨래를 마치고 집으로 돌아온 바실리사는 저고리 안쪽에 작은 주머니 하나를 만들었다. 어머니가 주신 목각 인형을 품 안에 넣어 언제나 함께하고 싶은 마음 때문이었다.

"빨리 일어나지 않고 뭐 하는 거야!"

"맨날 늦잠에 게으름을 피우니 우리한테 욕을 먹지!"

"냉큼 튀어나오지 않을래?"

예전에 없이 꼭두새벽부터 일어난 세 모녀가 바실리사를 향해 고래고래 소리를 지르고 있었다. 가까스로 자리를 털고 일어난 바실리사가 마당으로 나오자 새어머니가 큼지막한 몽둥이를 치켜들었다.

화들짝 놀란 바실리사가 몸을 움츠리자 새어머니가 한쪽 입술을 샐쭉 올리며 말했다.

"놀라기는……, 지금 내가 널 왜 때려? 그러다 다치기라도 하면 금쪽같은 내 딸들이 힘들어지는데…….."

"그런데 왜 이렇게 일찍……?"

"넌 어떻게 된 애가 살가죽도 두꺼운 모양이구나. 온 집에 불이 다 꺼져 얼어 죽게 생겼는데 꼼짝도 하지 않고 잠을 자다니 말이다."

"불이 다 꺼졌다고요?"

"헛소리는 그만 집어치우고 지금 당장 숲속 바바야가 오두막으로 달려가 불씨나 얻어와!"

새어머니가 치켜들었던 몽둥이를 바실리사 발 앞에 휙 던졌다. 땅바닥에 튕겨진 몽둥이가 하마터면 바실리사의 정강이를 찧을 뻔했다. 그 몽둥이를 들고 가서 불을 붙여오라는 얘기였다.

바바야가는 깊은 숲속에 사는 마녀였다. 바바야가는 자신의 숲에 들어온 사람을 절대로 살려서 돌려보내지 않는다는 소문이 전설처럼 널리 퍼져 있었다. 그래서 마을의 어떤 누구도 바바야가의 숲 근처에는 얼씬도 하지 않으려 했다.

바실리사는 떨리는 손으로 몽둥이를 주우며 입술을 움직였다.

"하지만 바바야가는 사람을 잡아먹는다는 무시무시한……."

"그래서 못 가겠다고?"

"그, 그게 아니라……."

"그렇게 어물거리다 귀한 내 딸들이 감기라도 걸리면 어떻게 될까? 혹시 나한테 맞아 죽을 수도 있다는 생각은 들지 않니?"

"……!"

지난 몇 년을 돌이켜 보면 새어머니는 충분히 그러고도 남을 사람이었다. 아버지가 장삿길을 떠난 이후, 이러다 죽을 수도 있겠다는 생각이 저절로 들 만큼 무지막지한 매질을 당한 것이

한두 번이 아니었다. 바실리사는 어쩔 수 없이 바바야가의 숲을 향해 걸음을 옮겼다.

한참을 걷다 보니 뼈로 만들어진 울타리 곳곳에 갖가지 해골이 듬성듬성 걸려 있는 바바야가의 오두막이 보였다. 바실리사의 온몸이 걸음을 뗄 수 없을 만큼 경직되면서 바들바들 떨리기 시작했다. 난생처음 본 섬뜩한 해골 때문에 숨마저 제대로 쉴 수 없을 만큼 엄청난 공포가 몰려온 것이었다.

'엄마가 주신 목각 인형이 무서움을 몰아내 줄지도 몰라!'

그렇게 생각한 바실리사는 저고리 안주머니에 넣어 둔 목각 인형을 꺼내 쥐었다. 그러고 나서 마음속으로 외쳤다.

'엄마, 무서워서 발걸음이 떨어지지 않아요. 저에게 용기를 주세요!'

그러자 온몸의 떨림이 거짓말처럼 잦아들기 시작했다. 무서움까지 사라진 것은 아니었지만, 바실리사는 천천히 걸음을 옮길 수 있었다. 바로 그 순간, 오두막 뒤편에서 절구통에 올라탄 바바야가가 빗자루질을 하면서 나타났다.

"흐흠, 이거 오랜만에 맡아 보는 사람 냄새 아닌가!"

쇠그릇을 긁는 듯한 바바야가의 목소리에 바실리사는 숨이 턱 막혔다.

"허억!"

사람을 잡아먹는 마녀라는 소문이 널리 퍼진 만큼, 외모가 무척 흉측할 거라는 예상은 충분히 하고 있었다. 하지만 목소리마저 소름이 돋을 만큼 끔찍할 줄은 몰랐다.

바실리사의 행색을 한 차례 위아래로 훑어본 바바야가가 물었다.

"넌 뭐지? 왜 내 집 대문 앞에 서 있는 거야?"

"그, 그러니까……."

"넌 내가 무섭지 않은 게냐? 그러니까 죽고 싶은 거냐고! 케엑……."

"그, 그게 아니라……."

바바야가의 다그침에 바실리사는 말이 제대로 나오지 않았다. 무서움을 이겨내기 위해 숨을 깊게 들이마신 바실리사는 자신도 모르는 사이에 목각 인형을 쥐고 있는 왼손에 힘을 주었다. 그러자 울렁거리던 가슴이 조금씩 진정되었다.

"그, 그, 그러지만 말고 말을 해, 이것아!"

바바야가의 호통에 흠칫 놀란 바실리사의 입에서 갑자기 말이 터져 나왔다.

"바바야가 할머니, 제 이름은 바실리사라고 하는데요……."

그렇게 시작된 말은 거미줄처럼 꼬리에 꼬리를 물고 이어져 어머니가 돌아가신 이후부터 오늘 아침에 이르기까지 그동안 자신에게 벌어진 일들을 단숨에 털어놓았다. 자신이 무슨 말을 했는지조차 제대로 자각하지 못할 만큼 순식간에 벌어진 일이었다. 그리고 언제 그랬냐는 듯 두려움도 거짓말처럼 사라지고 없었다.

"흐흐, 그러니까 불씨를 얻기 위해 날 찾아왔다는 말 아니냐!"

"네, 바바야가 할머니."

"불씨를 나누어 줄 수는 있지. 하지만 공짜는 없다!"

"저는 돈이 없는데요."

"돈? 그딴 건 나도 필요 없어!"

"그렇다면……?"

"내가 잠시 나갔다 올 동안 온 집안을 깨끗하게 청소해 놓고, 안방 가득 쌓아 놓은 빨래를 깔끔하게 해 놓을 것이며, 곡식 창고에 보관해 놓은 밀 중에서 쭉정이만 골라내 그것으로 빵을 맛있게 구워 놓아야 해!"

"언제 돌아오시는데요?"

"해가 서산으로 넘어갈 때쯤!"

"겨우 한나절 만에 그 많은 일을 다 해 놓으라고요?"

"그건 네 일이니 난 모르겠고……, 어쨌든 내가 돌아왔을 때 모든 일이 제대로 되어 있으면 불씨를 줄 거야. 다만 하나라도 어설픈 구석이 있으면 넌 죽을 때까지 이곳에 갇혀 내 종노릇을 해야 해. 낄낄낄!"

바바야가는 괴상한 웃음을 흘리며 모습을 감추어 버렸다.

바실리사는 눈앞이 캄캄했다. 그도 그럴 것이 집 안 청소나 빨래는 그동안 새어머니와 두 언니에게 단련되어 얼마든지 할 수 있었지만, 밀 죽정이만으로 맛있는 빵을 만든다는 건 거의 불가능한 일이기 때문이었다.

그렇다고 포기할 수는 없었다. 마음을 다잡은 뒤 벌떡 일어난 바실리사는 우선 청소부터 하기 시작했다. 집안이 얼마나 너저분한지, 쓸고 닦고 치우고 또 치워도 표시조차 나지 않았다. 온몸이 땀으로 흠뻑 젖은 바실리사는 가쁜 숨을 이기지 못해 털썩 주저앉고 말았다.

그 바람에 품속에 넣어둔 목각 인형이 바닥으로 떨어졌다. 하지만 지칠 대로 지친 바실리사는 아무것도 모른 채 거친 호흡을 몰아쉬었다. 잠시 한숨을 돌린 바실리사는 또 청소를 계속했다.

'에휴! 집 안 청소는 이제 끝났다!'

지저분하기 이를 데 없는 집 안 청소를 마친 바실리사는 빨래를 하기 위해 밖으로 나왔다. 그런데 하늘을 보니 해가 서산 마루에 비스듬히 걸쳐 있었다. 한나절 내내 청소만 한 것이었다.

'아! 이를 어쩐담? 평생 바바야가한테 붙잡혀……'

바실리사는 절망하지 않을 수 없었다. 온몸의 기운이 한 올도 남지 않고 빠져나가 버린 것만 같았다. 어디선가 향긋하면서도 고소한 냄새가 풍겨 온 것은 바로 그때였다.

바실리사는 고개를 갸웃거리며 조심스럽게 부엌으로 향했다. 어찌 된 셈인지 아궁이 위에 먹음직스럽게 보이는 빵이 노릇하게 익어가고 있었다.

'바바야가 할머니가 벌써 돌아와 빵을 구웠을 리는 없는데……?'

혹시 하는 마음에 바실리사는 빨랫감을 던져 둔 뒤꼍으로 돌아가 보았다. 그런데 웬걸, 산더미처럼 쌓아 둔 지저분한 빨랫감 대신 크고 작은 나뭇가지에 걸린 눈부시게 하얀 옷가지들이 산들바람에 나풀거리고 있었다.

넋이 반쯤 빠진 바실리사가 혼잣말을 중얼거렸다.

'세상에, 어떻게 이런 일이!'

바실리사는 사방을 둘러보았다. 하지만 바바야가의 모습은 그 어디에도 없었다. 바실리사가 발걸음을 돌리려는 순간, 맞은편 나뭇가지에서 작은 소리가 들려왔다.

"걱정하지 마, 바실리사!"

"……!"

흠칫 놀란 바실리사가 소리 나는 곳을 바라보았다.

엄마가 준 목각 인형이었다. 슬프거나 힘든 일이 생기면 수호천사가 되어 줄 거라던 그 목각 인형이 나뭇가지에 걸터앉아 씨익 웃고 있었다.

"너, 너는……!"

머리를 흔들어 정신을 가다듬은 바실리사가 말을 걸려는 순간, 목각 인형이 본래의 딱딱한 모습으로 돌아가 나뭇가지에서 툭 떨어졌다. 바실리사는 목각 인형을 조심스럽게 주워 품 안에 넣었다. 이게 도무지 어찌 된 일인지 알 수는 없었지만, 엄마의 간절한 소망이 이루어지고 있는 모양이었다. 바실리사는 적어도 그렇게 믿고 싶었다.

잠시 후, 해가 서산으로 넘어가자 바바야가가 돌아왔다.

집 안을 한 바퀴 휙 둘러본 바바야가는 벌어진 입을 다물지 못한 채 깨끗하게 청소된 집과 맛깔스럽게 구워진 빵과 뽀송뽀송 마른 빨래와 바실리사를 번갈아 한 번씩 쳐다보더니 끝내 도저히 믿어지지 않는다는 듯한 표정으로 물었다.

"그 많은 일을 도대체 어떻게 다 해치운 게냐?"

"그게, 그러니까……."

혹시 꼬투리를 잡으려는 건 아닐까 걱정되었지만, 바실리사는 지난 한 나절 동안 벌어진 일들을 속속들이 말해 주었다. 목각 인형의 도움이 없었더라면 절대로 해낼 수 없는 일이었지만, 그래도 끝까지 최선을 다했을 거라는 마음가짐까지도 숨기지 않았다.

그러고 나서 품 안에 넣어둔 목각 인형을 꺼내 보여 주려고 하자, 순식간에 얼굴색이 하얗게 질린 바바야가가 자지라질 정도로 깜짝 놀라며 뒷걸음을 쳤다.

"머, 멈춰! 꺼내지 말라고!"

"바바야가 할머니는 목각 인형이 궁금하지 않으세요?"

"전혀, 하나도 안 궁금해! 그러니 제발……."

"그래도……!"

"난 목각 인형이 엄청 무섭다고! 알았냐?"

"천하의 바바야가 할머니가 이 작은 목각 인형을 무서워한
다고요?"

"그 목각 인형에는 젊은 나이에 죽은 네 외할머니와 어머니
의 혼령이 담겨있어! 나 같은 늙은 마녀의 천적인 꽃다운 여자
들의 혼령 말이다. 게다가 그 혼령은 수백 수천 배로 갚는 복수
의 화신이야!"

바바야가는 새파랗게 질린 얼굴로 고래고래 소리를 질렀다.
전혀 예상치 못한 상황에 바실리사가 고개를 갸웃거리는 사이,
바바야가는 어디에서 가져왔는지 눈에서 불꽃을 내뿜고 있는
해골 지팡이 하나를 휙 던져 주면서 또다시 쇳소리를 내지르기
시작했다.

"가버려! 빨리 가!"

"예?"

"네가 달라던 불씨를 주었으니 꺼지란 말이다!"

"아, 네. 갈게요. 고맙습니다, 바바야가 할머니!"

"어서! 빨리! 지금! 당장!"

"그럼 안녕히……."

"나는 그 목각 인형만 없으면 언제나 안녕해. 그러니 제발 좀 사라져 달란 말이다!"

바실리사는 쫓기듯 바바야가의 오두막을 나섰다. 숲길을 걸으며 바실리사는 바바야가에게 얻은 해골 지팡이 때문에 고민스러웠다. 지팡이를 가지고 가면 소름 끼치게 무서운 물건을 집 안으로 들여왔다고 혼이 날 것이고, 그렇다고 지팡이를 버리고 맨손으로 가자니 불씨를 얻어 오지 못했다고 혼날 게 뻔했기 때문이다.

'불이 없어 추위에 떨며 쫄쫄 굶고 있을 텐데. 야단을 맞더라도 들고 가는 게 낫겠다.'

마음을 정한 바실리사는 발걸음을 재촉해 어둠이 짙게 깔리기 시작할 무렵 집에 도착했다. 예상했던 대로 새어머니와 두 언니는 방구석에 쪼그리고 앉아 오들오들 떨고 있었다. 온종일 아무것도 먹지 못해 모두 눈이 퀭하게 들어가 있었다.

"새어머니, 불씨 구해 왔어요!"

바실리사가 방에 들어서자 새어머니는 대뜸 짜증부터 냈다.

"꼭두새벽에 출발한 애가 이제야 나타나다니, 우리를 골탕 먹이려고 일부러 늦게 온 거 아니냐?"

"아니에요, 새어머니. 바바야가가 어찌나 많은 일을……."

"까악!"

그제야 바실리사가 들고 있던 해골을 발견한 새어머니가 벌러덩 자빠져 온몸을 부들부들 떨었다. 소스라치게 놀란 두 언니 역시 손으로 눈을 가리며 고래고래 소리를 질렀다.

"빨리 나가! 어떻게 해골을 방 안으로……."

"불씨가 이 해골 안에 들어 있는……."

"불씨고 뭐고, 당장 나가란 말이야!"

바실리사가 방향을 바꿔 밖으로 나가려던 순간, 품속에서 목각 인형이 튕겨져 나와 해골의 콧구멍으로 쏙 들어갔다. 그와 동시에 바실리사의 손을 떠난 해골 지팡이가 제멋대로 움직이기 시작했다.

해골 지팡이는 여전히 경련을 계속하고 있는 새어머니에게 다가갔다. 그리고 좁은 문틈으로 바람이 들어오는 듯한 괴기한 소리가 나면서 해골의 이빨 사이에서 뱀과 지렁이가 나와 꿈틀거리더니, 새어머니의 입과 코와 귀는 물론 치마를 헤집고 항문과 음부 속으로 스멀스멀 기어들어 갔다.

그 모습을 보고 있던 두 언니의 몸은 이미 눈도 깜박이지 못할 만큼 뻣뻣하게 굳어 있었다. 해골 지팡이가 그런 두 언니를 향해 '휘익!' 하고 입김을 불었다. 그러자 언니들의 머리카락이 한 올씩 타들어 가더니 순식간에 반들반들한 민머리가 되어 버렸다.

나무토막처럼 굳어 있는 두 언니의 눈에서 닭똥 같은 눈물이 흘러내렸다.

　바실리사는 그것으로 끝난 줄 알았다. 하지만 아니었다. 수백 수천 배로 복수한다는 바바야가의 말이 사실인 모양이었다.

　해골 지팡이가 고개를 까딱하자 두 언니가 벌떡 일어나 마치 체조라도 하려는 것처럼 두 팔과 다리를 쫙 벌렸다. 그러자 겨드랑이 옷섶이 찢어졌고, 몇 가닥 되지 않는 겨드랑이털이 타들어 갔다. 그다음에는 사타구니였다. 꼬불꼬불 보송하게 자라 음부를 덮고 있던 거웃이 찌지직거리며 연기를 내뿜었다.

　그뿐만이 아니었다. 두 언니의 입에는 빵이 물려 있었는데, 빵조각 사이에서는 모래가 잔뜩 묻은 지렁이가 한 마리씩 꿈틀거리며 삐져나와 콧구멍과 귓속으로 파고들기 시작했다.

　두 언니 못지않게 놀란 바실리사 역시 꼼짝도 할 수 없었다.

　하지만 생각은 할 수 있었다.

　'내 마음속에 저런 복수가 싹트고 있었을까?'

　바실리사는 고개를 저었다. 괴롭힘을 당할 때마다 새어머니와 두 의붓언니가 원망스럽기는 했지만, 저토록 끔찍한 복수는 상상조차 한 적이 없었다.

　'아니야, 어쩌면 저보다 더 악랄한 앙갚음을 꿈꾸었는지도 몰라. 나 자신도 모르는 내 마음속 깊은 곳 어딘가에서는……'

이튿날 아침 일어나 보니 새어머니와 두 언니의 모습은 그 어디에도 보이지 않았다. 바바야가의 해골 지팡이 역시 사라지고 없었다.

바실리사는 저고리 안주머니에 손을 넣어 목각 인형을 꺼냈다.

목각 인형은 마치 아무 일도 없었다는 듯, 몇 년 전 어머니가 손에 꼭 쥐여 준 그때 그 모습 그대로였다.

플란더스의 개

예한 다스는 마을에서 우유 배달을 하는 절름발이 노인이었
다. 젊었을 때 전쟁에서 다리를 다친 그는 고향으로 돌아온 이
후 우유 배달을 하며 가까스로 생계를 이어 가고 있었다.

　예한의 나이 일흔이 되었을 때 타지에 살던 하나밖에 없는
딸이 세상을 떠나면서 두 살 난 외손자 네로를 떠안게 되었다.
예한은 혼자 살아 나가기도 벅찬 상황이었지만 군말 없이 외손
자를 데려와 키웠다.

　그로부터 4년이 흘러 네로가 여섯 살이 되던 해였다.

　예한은 시장에 가던 길에 떠돌이 철물 상인에게 학대를 받다
가 끝내 버림받은 개 한 마리를 데려와 키우게 되었다. 예한과
네로는 그 개를 목줄에 적힌 이름대로 파트라슈라고 부르기로
했다. 나이가 들어 우유 수레를 끌기 힘들었던 예한에게 파트

라슈는 큰 도움이 되었다.

그런데 네로가 코흘리개 꼬맹이에서 벗어나 소년기에 접어드는 과정에서 예한은 심상치 않은 느낌을 받았다. 처음으로 이상하다고 느낀 건 네로가 일곱 살 때 아이들과 같이 놀면서 일어난 일 때문이었다.

한참을 신나게 놀다 집으로 돌아온 네로는 평소처럼 예한에게 친구들과 있었던 일들을 들려주기 시작했다. 한 아이가 함께 놀던 자신의 형이 넘어져서 다쳤다며 눈물을 흘리더라는 것이었다. 그런데 네로는 넘어져서 다친 것은 분명히 형인데, 아무렇지도 않은 그 아이가 무엇 때문에 우는 것인지 도통 이해할 수가 없다는 말을 했다.

그때 예한은 그런 건 어린아이들이 자라면서 자기애가 생길 때 일어날 수 있는 혼돈 때문일 거라 여겼다. 하지만 상당한 시간이 흐른 이후에도 그런 일이 계속 반복되자 예한은 네로의 감정이 지극히 메말라 있다는 사실을 깨닫게 되었다.

그러던 어느 날, 우유를 배달하던 도중에 숲길에서 피를 흘리며 죽어가는 사슴과 마주쳤다. 사냥꾼에게 화살을 맞은 상태에서 도망치다 지쳐 쓰러진 모양이었다. 예한은 동물이 죽어가는 끔찍한 모습을 네로가 보지 않는 것이 좋겠다는 생각에 앞을 가로막으며 말했다.

"네로, 눈을 감아라."

하지만 네로가 의외의 반응을 보였다. 앞을 막아선 예한을 밀어젖히고 고개를 내밀어 살펴볼 만큼 적극적인 호기심을 갖는 것이었다.

"할아버지, 저건 사슴인가요?"

"그래, 죽어 가는 사슴이야. 네가 봐서 좋을 게 하나도 없단다."

"하지만 나는 보고 싶어요."

네로의 표정에는 공포심이나 경계심이 전혀 드러나지 않았다. 네로 또래의 아이들은 보통 끔찍하게 죽어 가는 생명체를 보면 본능적으로 두려움을 느껴 눈을 피하는 것이 일반적인 반응이었다. 하지만 네로의 얼굴에는 온통 호기심만 가득해 보였다.

잠시 망설이던 예한은 이번 기회에 아이에게 죽음의 무게를 가르쳐 주는 것도 해가 될 것은 없겠다는 쪽으로 마음을 고쳐먹었다.

"그래, 하지만 위험할지도 모르니 너무 가까이 가지는 말자꾸나."

"네, 할아버지."

예한과 네로는 사슴을 향해 천천히 걸음을 옮겼다.

사슴은 화살 맞은 상처에서 피가 많이 나와 마치 피 웅덩이처럼 되어 버린 곳에 누워 가쁜 숨을 몰아쉴 뿐, 사람이 다가가고 있는데도 움직일 기색조차 보이지 않았다. 예한은 사슴의 마지막 호흡이 얼마 남지 않았다는 생각이 들어 가슴이 짠해졌다.

그런데 네로는 뭔가에 홀린 아이처럼 몇 걸음을 더 옮기더니 죽어가는 사슴의 머리맡에 쪼그리고 앉았다. 그러고 나서 가늘게 떨고 있는 사슴의 눈동자를 뚫어지게 쳐다보기 시작했다.

생명력이 서서히 사그라지고 있는 사슴과 눈을 마주치고 있는 네로의 표정은 뭐라 설명하기 어려울 만큼 오묘했다. 네로의 입꼬리는 미묘하게 비틀려 올라가 있었고, 얼굴은 발갛게 상기되어 가고 있었다.

잠시 후, 사슴은 마지막 긴 호흡을 한 차례 내뱉더니 눈의 초점이 사라짐과 동시에 축 늘어졌다. 하지만 네로는 미동도 하지 않고 죽어 가는 사슴을 끝까지 지켜보았다. 그런 네로의 모습에 예한은 등골 서늘한 한기를 느꼈다. 그것은 분명 죽음 앞에서 공포 대신 강한 흥미를 보이는 비정상적인 반응이었다. 예한은 젊은 시절 전장에서 마주쳤던 몇몇 사람들의 얼굴을 떠올렸다.

온몸의 기운이 모조리 땅속으로 빨려 들어가는 듯한 느낌과 함께 넋을 놓고 있던 예한은 풀숲이 부스럭거리는 소리와 함께 느껴지는 인기척에 화들짝 놀랐다. 그런데 풀숲을 헤치고 나온 사람은 사슴을 쫓던 사냥꾼으로, 평소 안면이 있는 사이였다.

"허어, 녀석이 여기까지 도망쳐 왔구먼! 어, 다스 영감님! 내 사냥감 때문에 아이한테 못 볼 걸 보이고 말았네요. 미안합니다."

하지만 대답은 예한이 아닌 네로의 입에서 튀어나왔다.

"괜찮아요. 신기했거든요."

어린아이의 예상치 않은 반응에 사냥꾼은 고개를 갸웃거렸다. 하지만 사슴 몸속에 남아 있는 피가 식기 전에 뒤처리를 해야 한다며 서둘러 사냥감을 챙겨 시야에서 멀어져 갔다.

예한 역시 네로와 함께 그 자리를 벗어났다. 그날 밤, 깊은 잠에 빠진 네로의 얼굴을 바라보며 예한은 어금니를 지그시 깨물었다. 네로만큼은 젊은 시절 보았던 그들과 같은 길을 걷게 하지 않겠노라 스스로에게 다짐하고 또 다짐했다.

예한은 네로의 정서를 순화시켜 주기 위해 그림을 배우게 하기로 했다. 다행히 네로는 그림 그리는 시간을 매우 좋아했다. 몇 차례의 그림 실습을 해 주변에 보이는 것들을 마음껏 그리면서 네로에게 잠재되어 있던 비정상적인 모습이 사라져 가는 것처럼 보였다.

네로가 여느 아이들처럼 평범한 일상을 보내는 모습에 예한은 안도의 한숨을 내쉬었다. 하지만 그가 느꼈던 마음의 평화는 오래가지 못했다. 네로에게 그림 공부를 시킬 여력이 없어져 버린 것이었다.

이미 충분히 고령인 그는 몸을 움직이기가 쉽지 않았다. 예한이 자리에 드러눕자 네로가 파트라슈와 함께 우유 배달에 나섰다. 안 그래도 예한은 기력이 쇠해진 몸 때문에 많은 집에 우유를 배달할 수 없었는데, 네로는 너무 어렸던 까닭에 할아버지 이상의 일을 할 수는 없었다.

예한이 몸져누운 이후 생활은 더욱 궁핍해졌다. 생활비에 예전에 없던 약값까지 필요했으므로 네로의 그림 공부와 미술에 대한 꿈은 자꾸자꾸 멀어져만 갔다. 그래서 예한의 마음은 더욱 무거웠다.

네로에게는 친구가 딱 한 명 있었다.

네로의 유일한 친구의 이름은 아로아였는데, 마을에서 몇 손가락 안에 드는 부자 바스 코제츠의 딸이었다. 코제츠는 개인 소유의 풍차와 곡식 창고 관리자를 따로 둘 정도의 부자였지만 마음씨까지 넉넉한 사람은 아니었다.

게다가 코제츠는 가난한 네로가 하나밖에 없는 자신의 딸과 친하게 지내는 것을 마뜩잖게 여겼다. 하지만 아로아는 네로에게 일편단심이었다. 그보다 정확하게 말하자면, 여자 친구를 상대로 한 네로의 밀당 작전에 완전히 말려들어 정신을 차리지 못할 지경이 되어 가고 있었다.

네로의 열다섯 번째 생일 다음 날 사고가 터졌다.

코제츠의 풍차 외벽에 불이 나는 사고가 발생한 것이다. 사람들이 잠자리에 든 늦은 밤에 시작된 불길은 활활 타올라 옆에 있던 곡식 창고로 옮겨 붙었고, 화들짝 놀란 사람들이 물동이를 들고 달려갔을 때는 이미 창고를 가득 채우고 있던 곡식이 모두 타 버린 후였다.

그나마 다행스러운 점은 풍차가 있는 건물은 겉 부분만 불에 타올랐을 뿐, 완전히 망가지지는 않았다는 사실이었다. 느닷없는 화재 때문에 코제츠는 화가 머리끝까지 치밀어 올랐다. 그 바람에 죄 없는 부인과 딸은 더욱 극심한 불안에 떨어야 했다.

"누구야! 도대체 어떤 놈이 불을 지른 거냐고?"

코제츠의 분노에 찬 목소리가 밤하늘에 쩌렁쩌렁 울려 퍼졌고, 불을 끄기 위해 화재 현장으로 모여 들었던 사람들은 제각각 옆 사람과 숙덕거리기에 여념이 없었다. 그런 가운데 코제츠의 친구이자 네로가 사는 오두막 주인 한스가 지나가는 말처럼 중얼거렸다.

"해질녘 서쪽 하늘에 황금빛 노을이 가득했을 때 네로가 그림 도구를 들고 풍차 뒤쪽으로 가는 거 같던데……."

한스의 중얼거림을 들은 마을 사람들이 동시에 웅성거리기 시작했고 여기저기서 그와 비슷한 증언이 쏟아져 나왔다. 그런데 네로 역시 사람들 사이에 섞여 있었다. 불이 났다는 고함을 듣고 양동이 하나를 챙겨 화재 현장으로 달려왔다.

"네놈이 감히 내 풍차에 불을 질렀다고?"

사람들 틈에서 네로를 발견한 코제츠가 두 주먹을 불끈 쥔 채 달려들었다.

"저는 아니에요! 석양이 아름다워 그림을 그리려고 그쪽으로……."

하지만 네로는 해명을 끝마칠 수 없었다. 허공을 가른 코제츠의 주먹이 얼굴 정면으로 날아들었기 때문이었다. 코제츠는 또한 일격을 받고 땅바닥에 쓰러진 네로에게 발길질하며 입에 담지 못할 악담을 퍼부어 댔다.

느닷없는 상황에 깜짝 놀란 아로아가 기겁을 하며 달려와 아버지의 허리춤을 부여안고 뜯어말렸다. 그 바람에 코제츠는 콧바람을 씩씩거리며 집으로 돌아갔고, 풍차 관리인 역시 땅바닥에 널브러져 있는 네로 바로 앞에 침을 '퉤!' 하고 뱉더니 어둠 속으로 사라져 버렸다.

곧이어 마을 사람들 역시 뿔뿔이 흩어지기 시작했다. 할아버지 등에 업혀 마을로 들어온 두 살 이후 줄곧 같은 집에 살고 있었기 때문에, 마을에서 네로의 얼굴을 모르는 사람은 없었다. 게다가 네로는 할아버지를 도와 꽤 오랫동안 우유 배달을 했다. 그래서 모두들 네로의 심성을 알고 있었다.

하지만 누구 한 사람 나서서 네로의 해명을 끝까지 들어 보자고 말하는 이가 없었다. 나아가 코제츠의 무지막지한 주먹질과 발길질을 당한 네로의 상태를 확인해 보려는 사람 역시 없었다. 너나 할 것 없이 징그러운 벌레를 피하듯 네로가 넘어져 있는 곳을 빙 돌아 하나둘씩 모습을 감추어 갔다.

한참 만에 몸을 일으켜 세워 코피를 쓰윽 닦아 낸 네로는 한 가지 사실을 깨달았다. 네로는 사실 어렸을 때 사슴의 죽음을 확인한 이후, 자신을 향한 할아버지의 걱정을 알고 있었다. 그런데 할아버지의 그런 우려와는 달리 모든 마을 사람들의 본성역시 자신과 크게 다르지 않다는 사실을 온몸으로 포착한 것이다. 인간은 누구나 내가 아닌 다른 사람의 진심과 다른 사람의 고통과 다른 사람의 울분 따위에는 관심조차 두지 않는다는 사실을…….

그날 이후, 마을에서는 크고 작은 사건 사고가 끊이지 않았다.

처음에는 동네 사람들이 기르고 있는 가축이 날마다 여러 마리씩 죽어 나갔는데, 축사 주변에서 야생 동물의 것으로 보이는 흔적이 발견되곤 했다. 또 며칠 후에는 마을 사람 하나가 사다리에서 떨어져 오른쪽 팔다리가 동시에 부러지기도 했다. 마을의 어떤 아낙은 물에 빠져 허우적거리다 가까스로 목숨을 건지기는 했지만 바보가 되어 버렸고, 그 옆집 남자는 겨울을 나기 위해 쌓아 둔 장작더미에 깔려 반신불수가 되었다.

그런데 이와 같은 일련의 사건들에는 공통점이 하나 있었다. 피해를 본 사람들의 말에 따르면, 사고가 나기 직전 엄청나게 덩치가 큰 동물이 유령처럼 나타나 덤벼드는 바람에 정신을 차릴 수가 없었다고 했다. 그래서 사람들은 가축 사고까지 연결

지어 마을 뒷산에 사는 늑대를 원흉으로 지목하게 되었다.

마을의 불운과는 별개로, 예한과 네로의 하루하루는 여전히 궁핍했다. 돈이 없어 집세가 밀리는 바람에 둘이 사는 오두막 소유주 한스가 이틀이 멀다 하고 찾아와 졸라 댈 정도였다.

그러던 어느 날이었다.

그날도 한스는 집세를 받기 위해 네로의 오두막을 방문했는데, 또다시 빈손으로 돌아가게 되자 화가 머리끝까지 치솟았는지 대뜸 소리를 질렀다.

"거지새끼들한테 자비를 베풀어 봐야 돌아오는 건 손해뿐이라니까!"

그 순간 네로는 명치 한복판에서 주먹만 한 응어리가 치밀어올라오고 있음을 느꼈다. 하지만 네로는 한스에게 달려들지 않았다. 다만 메마른 눈빛으로 그의 등을 쏘아보다가 입가에 씁쓸한 미소를 지을 뿐이었다.

그로부터 며칠 후, 아침부터 시작된 비가 밤늦도록 쏟아져 내렸다. 잠자리에 들기 전 집 안을 한 바퀴 둘러보던 한스의 눈에 창고로 사용하는 곁채 계단 옆 2층 창문이 제대로 닫히지 않은 채 덜컹거리는 모습이 보였다. 대수롭지 않게 생각한 한스는 창문을 닫기 위해 계단을 올라갔다.

거센 바람 때문에 비가 많이 들이쳤는지 계단 바닥이 흥건하게 젖어 있었다. 짜증 섞인 목소리로 혼잣말을 중얼거리며 창문을 닫은 한스가 몸을 돌렸다. 그런데 빗물에 잔뜩 젖은 네로가 입가에 소름 끼치는 미소를 머금은 채 바로 코앞에 있었다.

예기치 않은 상황에 소스라치게 놀란 한스가 엉거주춤 뒷걸음질을 치다가 흥건한 빗물에 미끄러지면서 계단 아래로 굴러 떨어졌다. 그런데 하필이면 한스의 머리가 향한 방향이 갈퀴 위였다. 그 바람에 날카로운 갈퀴발 대여섯 개가 한스의 두개골을 뚫고 머리 깊숙한 곳에 박히고 말았다.

한스는 손가락과 발가락을 조금씩 움찔거리는 것 말고는 몸을 움직이지도 비명을 지르지도 못했다. 두 눈은 완전히 뒤집혀 흰자위가 천장을 향하고 있었고, 벌어진 입에서는 금방이라도 멈춰 버릴 것만 같은 신음이 새어 나올 뿐이었다.

계단 위에서 한스의 상태를 확인한 네로는 들어왔던 창문을 통해 다시 밖으로 나갔다. 그리고 한스의 가족들이 사는 본채 출입문 앞으로 달려가 문을 두들기기 시작했다.

"한스 씨한테 집세 낼 말미를 조금만 더 달라는 사정을 하러 왔어요. 그런데 곁채에 불빛이 보여 그곳으로 가봤더니 한스 씨가 계단 앞에 쓰러져 있네요! 빨리 나와서 확인해 보세요, 어서요!"

엄청난 충격을 받은 듯, 네로가 온몸을 부들부들 떨며 말했다. 한스의 죽음을 처음 목격한 네로의 설명에 마을 사람들은 하나같이 안타까운 표정으로 깊은 탄식을 토해 내며 고개를 절레절레 흔들었다.

"빗물에 미끄러지는 바람에 계단 아래로 굴러 떨어져 죽었
구먼."

"그러게 말일세. 갈퀴가 왜 하필이면 그 자리에 있었을까?"

"사람이 재수가 없어지면 접싯물에 빠져 죽기도 한다잖아!"

"하긴……."

한스가 어느 정도 재력을 갖춘 이웃인 까닭인지, 마을 사람
들은 저마다 안타깝다는 듯한 표정을 지었다. 하지만 이미 일
어난 사고였고, 한스 역시 저세상 사람이 되고 말았다. 마을 사
람들은 혀를 끌끌 차면서 빗속으로 사라져갔다. 네로는 마을
사람들의 그런 모습을 보면서 자꾸만 치켜 올라가는 입가를 끌
어내리느라 애를 먹고 있었다.

한스의 비극적인 죽음이 사람들의 머릿속에서 잊혀 갈 무렵,
마을에서 또 다른 끔찍한 사건이 터지고 말았다. 곡식을 빻으
러 아침 일찍 코제트의 풍차를 찾은 마을 주민이 풍차 관리인
의 시체를 발견하고는 동네방네 소리를 내질렀다.

풍차 관리인은 부러진 풍차 날개 뼈대 사이에 목이 걸려 있
었다. 돌아가는 풍차 날개에 목이 부러져 죽은 것이었다. 풍차
관리인의 시체를 확인한 동네 어른들의 말에 따르자면, 그는
풍차 날개에 뒷덜미가 걸려 돌고 돌고 또 돌다 목숨을 잃은 것

으로 추정되었다.

"마을에 저주라도 내렸나? 풍차를 관리한다는 사람의 뒷덜미가 어떻게 날개에 걸려 죽을 수가 있지?"

"그러게 말일세. 하루하루를 보내기가 살이 떨릴 지경이니 아무래도 푸닥거리라도 한번 해야 할 모양이야."

마을에 우환이 계속되자 남자들은 허탈한 표정을 지으며 술을 벌컥벌컥 들이켰고, 여자들은 또래들끼리 모여 앉아 죽은 자의 뒷이야기에 열을 올렸다. 어쨌든 먼저 죽은 사람만 서러울 일이었다. 사고가 터지고 나서 며칠만 지나면 죽은 자의 인생은 살아남은 남자들의 술안주 감이 되었고, 흉보기 좋아하는 여자들의 험담거리로 전락하고 말았다.

할아버지 대신 우유를 수레에 싣고 골목을 누비며 배달하는 네로는 그 누구보다 동네 사람들의 동향을 속속들이 꿰고 있었다. 그러다 보니 시간이 흐를수록 확신할 수 있었다. 그 확신이란, 사람은 누구나 타인의 죽음을 자기 위안의 도구로 삼거나 하찮은 이야깃거리로 폄훼한다는 사실이었다.

네로가 두 눈으로 확인했던 풍차 관리인의 죽음은 그림으로 남겨 보관하고 싶을 정도로 매력적이었다. 할아버지가 늘 강조하는, 인간으로서 타인의 고통에 공감하는 것은 그저 희망 사항일 뿐이었다. 네로가 관찰한 바에 따르면 그 어떤 사람도 타인의 고통을 나누어 가지려 하지 않았다. 더욱더 진솔하게 애기하자면 대부분의 사람들은 타인의 고통을 나의 행복으로 받아들였다.

마을에서는 불행한 일들이 꼬리에 꼬리를 물고 이어졌지만, 네로와 아로아 사이의 감정적인 교류는 시간이 흐를수록 깊어져만 갔다. 딸의 그런 행동거지가 못마땅했던 코제츠는 마을 사람들이 모두 모인 공개적인 자리에서 의도적으로 네로의 가난과 무지와 무능력을 깔아뭉개기도 했다.

병세가 갈수록 안 좋아져 죽음을 눈앞에 둔 예한은 젖먹이 때부터 자신의 손으로 키운 손자의 연애가 뿌듯하고 자랑스러웠다. 다만 그동안 마을에서 벌어진 크고 작은 사건 사고들이 네로와 관련이 있는 것은 아닌지, 불안한 마음을 지울 수가 없었다.

그러던 어느 날 자기 죽음이 머지않았음을 느낀 예한은 네로를 불러 옆에 앉힌 뒤 젖 먹던 힘까지 모두 끌어 올려 마지막 당부를 했다.

"네로야, 그동안 이 할아비를 수발하느라 고생 많았다. 이제 할아비한테 묶여 있지 말고 네가 원하는 삶을 자유롭게 살아라. 다만 한 가지 부탁이 있단다. 다른 이들의 생각에 공감이 잘 되지 않더라도, 그게 나쁜 일이 아니라면 고개라도 끄덕여 주는 사람이 되었으면 하는 것이 이 할아비의 마지막 소망이다. 그게 세상을 평범하게 살아가는 방법이거든……."

예한은 그렇게 눈을 감았다. 할아버지이자 어머니였으며 아버지이자 친구였던 예한이 세상을 떠나 혼자가 된 네로는, 그의 마지막 부탁의 말에 대답이라도 하는 것처럼 혼잣말을 중얼거렸다.

"걱정하지 마세요, 할아버지. 잘 살 수 있을 거예요. 남들도 저와 크게 다르지 않으니까요."

네로는 걷잡을 수 없이 흘러내리는 눈물을 꾹꾹 눌러 참으며 마당으로 나왔다. 성탄이 얼마 남지 않아서인지 매서운 추위에 사나운 눈발까지 흩뿌리고 있었다. 하지만 네로는 집을 나섰다. 장의사에게 부탁해 할아버지의 마지막 길을 편안하게 배웅해 드리고 싶었기 때문이다.

네로는 터벅터벅 걸음을 옮겼다. 그러다 마을 어귀 길가에서 두툼한 지갑 하나를 주웠다. 지갑을 살짝 열어 보니 아직껏 상상해 본 적조차 없는 엄청난 돈이 들어 있었다.

네로는 순간적으로 할아버지 장례 비용으로 사용하면 좋겠다는 생각을 했다. 하지만 고개를 돌려보니 몇 발자국 뒤에 마을 사람들과 신부가 따라오고 있었다. 며칠 후 성탄을 준비하기 위해 성당으로 가는 중이었던 모양이다.

네로는 어쩔 수 없이 신부에게 지갑을 건네주며 주인을 찾아달라고 부탁했다. 그런데 지갑의 주인은 코제츠였고, 그 돈은 새로 구입한 땅의 소유권을 확보할 수 있는 중도금이었던 모양이었다. 아무튼 네로가 지갑을 찾아준 덕분에 코제츠는 엄청난 손해를 입지 않게 되었다.

그동안 네로를 업신여기고 경계하기만 했던 코제츠는 크게 감동했다. 코제츠는 우선 예한의 장례식을 격식에 맞추어 치르게 해 주었다. 나아가 할아버지가 세상을 떠나 혼자가 된 네로를 아로아와 혼인시켜 데릴사위로 들이기로 했다.

아로아와의 결혼과 함께 네로의 일상은 완전히 바뀌었다. 한 달 내내 힘겹게 손수레를 끌고 우유 배달을 해야 벌 수 있는 돈이, 코제츠네 집에서는 한 끼 반찬값의 절반에도 미치지 않았다. 나아가 마을 사람들이 네로를 대하는 태도 역시 확연하게 달라졌다.

성실함과 꼼꼼함을 기본으로 모든 일을 척척 해결해 나가는 네로에게 거듭 감동한 코제츠는 자신의 재산 절반을 상속해 주겠다고 약속했다. 하지만 네로는 감사한 마음이 전혀 생겨나지 않았다. 풍차 화재사건이 있던 날 자신이 어떤 수모를 겪었는지 단 하루도 잊지 않고 있었기 때문이다.

그렇게 몇 년이 지나자 네로는 코제츠가 추진하고 있는 모든 사업을 꿰뚫게 되었다. 코제츠 대신 중요한 결정을 내릴 수 있는 능력을 키워 인정을 받기에 이른 것이었다. 네로를 절대적으로 신임하게 된 코제츠는 거의 모든 일을 네로에게 맡긴 뒤, 늙어 가는 자신은 이제 보다 여유로운 시간을 즐기기로 했다.

그러던 어느 날, 새끼 돼지 한 마리가 헛간을 탈출하는 소동이 벌어졌다. 마침 무료한 시간을 보내고 있던 코제츠는 재미 삼아 새끼 돼지를 찾아 나섰다. 고개를 두리번거리며 돼지를 찾느라 마을 외곽으로 나온 코제츠는 죽어 있는 새끼 돼지를 발견했다. 쪼그리고 앉아 새끼 돼지 사체에 남은 이빨 자국을 살펴보니, 얼마 전 마을의 가축들을 몰살시켰던 늑대가 벌인 짓이라는 확신이 생겼다.

코제츠가 새끼 돼지를 챙겨 집으로 가기 위해 일어서려던 순간, 등 뒤에서 으르렁거리는 소리가 들렸다. 등골을 서늘하게 하는 불길한 느낌에 코제츠는 천천히 고개를 돌렸다. 그와 동시에 엄청나게 크고 사나운 짐승이 코제츠를 덮쳤다. 그 짐승은 단번에 코제츠의 목덜미를 물더니 고개를 사정없이 흔들어댔다. 몸부림치는 코제츠의 목에서 피 분수가 뿜어져 나왔다.

코제츠는 숨이 멎기 직전에 이르러서야 자신의 목을 물어뜯은 짐승이 파트라슈라는 걸 깨달았다. 하지만 파트라슈 뒤에 있던 그림자의 주인공이 누구인지는 끝내 보지 못한 채 불귀의 객이 되고 말았다.

네로는 코제츠의 식어 가는 시체를 오랫동안 바라보고 있었다. 네로의 어깨가 들썩이는 것이, 그리고 네로의 입꼬리가 올라간 것이 흐느낌 때문인지 웃음 때문인지 분간할 수가 없었다.

사건 현장에서 네로와 파트라슈의 모습이 사라지고 얼마 지나지 않아 마을 사람들이 새끼 돼지와 코제츠의 시체를 발견했다. 주변의 흔적으로 미루어, 예의 그 늑대가 저지른 소행이라고 단정했다. 마을 사람들은 늑대 전문 사냥꾼을 고용해 늑대 사냥에 나섰다.

코제츠의 부인과 딸 아로아는 슬픔에 잠겼지만, 네로가 있었기 때문에 가세가 기우는 불행한 일은 벌어지지 않았다. 그래서 두 모녀는 네로에게 늘 감사하는 마음을 갖게 되었다. 네로 역시 코제츠의 남은 가족을 마음 편히 살게 하리라 마음먹었다.

코제츠의 장례식과 늑대 사냥이 끝난 후, 마을에는 모처럼 평화로운 나날이 지속되었다. 그리고 시간의 흐름은 코제츠의 죽음을 사람들의 기억 속에서 지워 내고 있었다.

일과가 끝난 어느 날 저녁, 벽난로 앞에서 장작불을 바라보던 네로는 의자 팔걸이에 얹은 손을 의미 없이 쥐었다 폈다 하며 사색에 잠겼다. 네로의 눈동자에 일렁이는 불꽃이 순간적으로 스쳐 지나갔다. 눈동자가 장작불을 반사한 것인지, 눈동자의 불꽃이 장작을 태운 것인지 분간할 수가 없었다.

잠시 후, 네로가 입가를 슬쩍 추어올리며 혼잣말을 중얼거렸다.

'파트라슈, 새로운 사냥을 시작할 때가 된 듯싶구나!'

행복한 왕자

거리로 뛰쳐나온 사람들은 혁명이라고 했다. 황실과 내각에서는 반역 또는 역모라고 했다. 하나의 사건을 두고 전혀 다른 명칭으로 불렸지만, 결국 혁명이 되었다.

　그의 아버지인 국왕은 일찌감치 단두대에 올라 몸과 머리가 분리되었고, 어머니인 왕후는 사지절단형으로 팔다리가 갈가리 찢어진 채 길거리에 버려져 떠돌이 개들의 먹이가 되었다. 혁명을 성공시킨 시민들은 왕족에게 그 어떤 자비도 베풀지 않았다.

　나아가 판결을 기다리고 있는 왕자가 어떤 죄를 저질렀는지는 알아보려는 시도조차 하지 않았다. 애초부터 그의 행적에 관심을 둘 이유가 없었다. 왕족이라는 신분, 그 자체가 죄였기 때문이었다.

심판관의 판결문 낭독하는 소리가 쩌렁쩌렁 울려 퍼지고 있는 곳은 왕족에 대한 공개재판이 열린 널따란 광장이었다. 광장에는 그 어느 때보다 많은 백성이 운집해 있었다.

"죄목, 국가 재산과 재정 낭비! 부정부패와 공금 횡령! 백성들의 고통을 외면하고 기만을 일삼으며 가혹한 수탈을 방조한 죄가 인정됨! 왕자는 극악무도한 왕실의 일원으로, 그가 저지른 죄는 주님이 계신 하늘까지 닿을 만큼 헤아릴 수가 없음! 이에 천부의 권리를 받들어 왕자가 죽을 때까지 광장 앞 장대에 매달아 두는 형벌을 선고함!"

판결문 낭독이 끝나자 광장에 모인 시민들은 두 팔을 높이 들어 흔들며 목청이 터지도록 환호했다. 온몸이 꽁꽁 묶인 채 단상에 무릎을 꿇고 있던 왕자는 살기등등한 시민들의 표정을 처음으로 보았다.

백성들은 개돼지와 같아서 길만 잘 들이면 마음대로 부릴 수 있다는 왕궁에서의 오랜 배움은 잘못된 것이었다. 왕족과는 감히 눈도 마주치지 못한다는 백성들이 서슬 퍼런 눈초리로 자신을 노려보고 있었다. 왕자는 백성들의 시선을 피했다.

왕자가 왕궁 밖에 발을 디딘 것은 이번이 처음이었다. 첫 외출에서 사형을, 그것도 뙤약볕에 말려 죽는 형벌을 선고받았다. 하지만 자신의 판결에 대한 충격은 거의 없었다. 그보다 수백 배는 더 참혹한 판결을 예상했었기 때문이다.

왕자는 판결 내용보다 백성들이 살아가는 모습에 엄청난 충격을 받았다. 왕궁 안에서 살았던 자신의 풍요로운 삶과는 모든 것이 너무나도 달랐기 때문이다. 그래서 왕자는 시민들의 눈을 마주 볼 수 없었다. 참담한 마음에 고개를 수그릴 수밖에 없었다.

덩치가 보통 사람 두 배는 되어 보이는 집행자들이 다가왔다. 땀내가 찌들어 비릿하면서도 역겨운 냄새가 코를 찔렀다. 하지만 왕자는 고개를 돌리지 않았다.

두 집행자가 왕자를 일으켜 세웠다. 나머지 여덟 명은 왕자를 빙 둘러 호위했다. 왕자가 장대에 매달리기 전, 혹시라도 시민들에게 맞아 죽어 버리면 법을 어기는 셈이 되기 때문이었다.

집행자들은 온몸에 힘이 빠져 축 늘어진 왕자를 질질 끌고 장대로 향했다. 왕자가 무릎을 꿇고 있던 단상에서 장대까지 가려면 수많은 시민이 빼곡하게 들어찬 광장 중앙부를 직선으로 관통해야 했다.

왕자는 눈을 감았다. 그리고 마음의 준비를 했다.

"장대에 매달 것 없이 지금 당장 죽이자!"

"죽이자!"

"왕자를 시민들의 손으로 처형하게 해 달라!"

"해 달라!"

"왕의 후계자였던 왕자를 곱게 죽여서는 안 된다!"

"안 된다!"

분노한 시민들의 흥분 지수가 급속도로 올라가고 있었다. 썩은 채소와 먹다 버린 생선 대가리를 비롯한 갖가지 쓰레기가 왕자를 향해 날아들었다. 무기를 찾지 못한 시민들이 하수구 뚜껑을 열어젖힌 뒤 오물을 꺼내 마구잡이로 집어 던지고 있었다.

"뼈를 갈아 마셔도 시원찮은 왕자를 재판부는 왜 보호하는가!"

"와아아!"

"우리는 왕자의 사치스러운 죽음을 용납할 수 없다!"

"옳소!"

처음에는 그나마 부드러운 저주와 욕설이었다.

하지만 시간의 흐름과 함께 군중심리가 작용하면서 이 세상 어디에서도 들을 수 없는 쌍욕과 저주가 끝없이 이어졌다. 완전히 바닥난 체력 때문인지 상상할 수조차 없는 거친 욕설 때문인지 알 수는 없었지만, 왕자의 의식은 서서히 옅어지고 있었다.

정신을 차린 왕자의 첫 느낌은 조용함이었다.

왕자는 조심스레 눈을 떠 보았다. 드넓은 광장을 가득 메운 채 온갖 욕설을 퍼붓던 수많은 시민이 보이지 않았다. 다만 차가운 가을비가 군중들을 대신하려는 듯 추적추적 내리고 있었다.

때마침 내린 가을비가 시민들을 해산시킨 모양이었다. 그 비는 또한 장대에 매달린 왕자의 몸에도 흩뿌려져 까무룩 잃어버렸던 의식을 돌아오게 했을 터였다. 왕자가 긴 한숨을 토해 내자 희뿌연 입김이 눈앞에서 꼬물거리다 금세 사라져 갔다.

온몸에 으슬으슬 한기가 몰려들었다.

왕자는 옷매무시를 가다듬기 위해 팔을 들었다. 하지만 두 팔은 꼼짝도 하지 않았다. 왕자는 그제야 자신이 장대에 묶여 매달린 채 죽음을 기다리는 사형수라는 사실을 실감할 수 있었다.

마음을 차분하게 가라앉힌 왕자는 천천히 사방을 둘러보았다. 자신을 허수아비처럼 붙들어 매고 있는 장대는 대략 3층 건물 정도의 높이로, 광장 연단 맞은편에 뿌리를 박고 있었다. 왕자는 이제 그 자리에 그대로 묶인 채 서서히 말라 죽어 갈 것이었다.

혁명 재판부에서 왕자를 장대에 매달아 죽게 한 목적은 명료했다. 백성들의 고통을 담보로 온갖 사치를 서슴지 않은 죄인 왕자가, 햇볕에 말라 죽어 가는 모습을 시민들 모두가 평등하게 볼 수 있도록 하기 위함이었다. 그런데 덕분에 왕자 또한 도시와 도시 사람들이 살아가는 모습을 두루 살펴볼 수 있었다.

태어난 이후 지금까지 왕궁 안에서만 살았던 왕자는 시민들이 살아가는 모습에서 눈을 떼지 못했다. 세상 구경을 해 본 적이 없는 왕자는, 모든 사람이 자신과 별다른 차이 없이 태어나고 자라며 어른이 되어 가는 줄로만 알았다. 하지만 왕궁을 벗어난 순간 전혀 다른 세상이 보였다.

굶주림을 견디지 못한 어느 노파는 길바닥에 쓰러져 죽어 가고 있었지만, 누구 한 사람 그녀에게 눈길을 주지 않았다. 나라를 지키기 위해 전쟁에 나갔지만 팔이나 다리가 없는 불구자로 되돌아와 거리를 떠도는 부랑자가 된 사람 또한 헤아릴 수 없이 많았다. 그저 화려한 줄로만 알았던 도시가 이토록 참담한 모습일 줄은 감히 상상조차 할 수 없는 일이었다.

왕자는 몹시 아팠다. 심장을 수백 개의 바늘로 찌르는 듯 엄청난 통증이 몰려왔다.

식량 배급대가 시민들에게 빵을 나눠 주고 있었지만, 빵을 받을 수 있는 사람은 전체의 절반에서 그 절반에도 미치지 못했다. 결국, 주먹만 한 빵 하나 때문에 수많은 사람 사이에 몸싸움을 벌어졌다. 그중 어떤 젊은 여인은 다른 사람의 손에 쥐어진 빵을 빼앗기 위해 안고 있던 아이를 내팽개치기까지 했다.

왕자의 눈자위가 촉촉하게 젖어 들고 있었다.

그칠 줄 모르고 내리는 가을비 탓만은 아닌 듯했다.

장대에 매달린 채 죽음을 기다리고 있던 왕자의 어깨에 제비 한 마리가 날아와 앉았다. 잠시 후, 왕자의 얼굴을 확인한 제비가 화들짝 놀라며 물었다.

"어! 왕자 아니야? 왜 이 높은 곳에 묶여 있지?"

왕자가 아무렇지도 않다는 듯 대답했다.

"세상이 바뀌었어. 난 이제 왕자가 아닌 사형수일 뿐이야. 혁명 심판관들이 날 이곳에 매달아 죽여야 한다는 판결을 내렸거든. 그보다 넌 왜 여기에 있어? 지금쯤 따뜻한 남쪽 나라에 도착해 있어야 하는 거 아닌가? 머잖아 매서운 눈보라가 세상을 삼켜 버릴 텐데……."

제비의 주둥이에서 체념 섞인 목소리가 흘러나왔다.

"그러게, 나도 참 한심하지. 조금 꾸물대다 보니 늦어 버렸지 뭐야! 지난 몇 주 동안 인간들이 서로 죽자고 싸우는 모습 지켜보는 재미가 여간 쏠쏠한 게 아니었거든."

"아, 그랬구나."

"며칠 전에 왕이랑 왕비가 죽는 모습을 봤는데, 유일한 혈육인 너마저 이렇게 묶어 죽이려 하는구나. 왕자, 내가 풀어 줄까? 네가 원한다면 부리로 밧줄을 쪼아 끊어 줄 수 있는데……."

제비의 제안에 왕자가 고개를 가로저었다.

"고마운 말이지만 마음만 받을게, 제비야!"

제비가 이해할 수 없다는 듯한 표정으로 물었다.

"죽음에서 벗어날 유일한 방법인데, 왜?"

"난 이미 내 목숨에 대한 미련을 버렸어. 그리고 네 도움을 받아 어찌어찌 이 장대를 벗어날 수 있을지는 모르겠지만, 그다지 멀리 가지도 못할 거야. 사방에서 몰려온 시민들의 발길질에 만신창이가 되어 죽고 말겠지. 그걸 알기 때문에 혁명 심판관들도 보초를 세우지 않은 것일 테고……."

제비는 여전히 고개를 갸우뚱했다.

"그것참 이상한 일이네. 내가 세상 구경하는 걸 워낙 좋아해서 웬만한 건 다 알고 있는데, 이미 죽은 왕이나 왕비와는 달리 너는 그 어떤 잘못도 저지른 적이 없잖아! 그런데 사람들은 왜 너한테 화풀이를 하지?"

왕자가 침통한 목소리로 말을 이었다.

"그렇지 않아, 제비야. 나는 그동안 우리 백성들이 얼마나 고통을 받고 있는지 전혀 알지 못했어. 그것이 내가 지은 죄란다. 굶주림 때문에 부모는 자식을 버리고, 버려진 어린 자식은 이웃의 먹이가 되는 처참함을 나는 상상조차 할 수 없었지. 게다가 거리에는 사람을 잡아먹는 사람조차 건드리지 않을 만큼 말라비틀어진 사람들로 넘쳐나고 있어. 그래서 혁명이 일어나게 되었고……."

"……!"

"그러니 백성들이 내게 화풀이하는 건 지극히 당연한 일이야. 나는 또한 그들의 분노를 피하려 해서는 안 돼. 인간에게 운명이라는 것이 실제로 있다면, 내 운명은 아마 이렇게 죽어 가도록 예정되어 있었겠지. 따라서 나는 내게 주어진 그 운명을 담담하게 받아들이기로 했어."

말을 마친 왕자의 시선은 다시 도시의 골목길로 향했다.

많은 사람이 굶주림에 쓰러져 가고 있었고, 굳게 닫힌 대문 안에서도 고통스러운 신음이 끊임없이 흘러나왔다. 제비 역시 왕자가 바라보는 곳을 슬쩍 흘려보았지만, 일상처럼 늘 보아 왔던 광경이기 때문에 별다른 감회가 없었다.

"인간이란 본래 그런 존재 아니었던가? 그 어떤 동물보다 약육강식의 논리를 철저하게 지키는 종족이 바로 인간 아니냐는 말이지. 그래서 값진 물건이나 맛난 음식은 모두 힘 있는 왕궁에서 빼앗아 가 버렸고, 힘없는 백성들은 굶어 죽어 가는……. 나는 언제 어디를 가든 그런 일들을 지겹도록 보았어. 그래서 나는 지금까지 그런 모습이 인간들의 자연스러운 삶의 방식인 것으로 알고 있었는데……."

제비의 이야기에 왕자가 고개를 세차게 저었다.

"그렇지 않아! 절대로! 백성들은 왕과 신하들과 왕을 따르는 군인들이 자신들의 생명과 재산을 보호해 주고, 자신들의 삶을 윤택하게 해줄 거라고 믿고 있었어. 그래서 좋거나 귀한 것들을 왕에게 바쳤던 것이고…. 하지만 그 믿음이 깨져 버렸지. 그래서 모두들 들고 일어나 세상을 바꾸었던 거야. 자신들을 지켜주기는커녕 오히려 괴롭히기만 하는 우두머리라면 섬기고 따를 이유가 전혀 없는 거 아니겠니?"

왕자의 설명에 제비가 코웃음을 쳤다.

"히야! 왕자는 정말 순진하고 착하구나. 이 모양 이 꼴이 되어 죽어 가면서도 모든 잘못은 백성들이 아닌 왕실에 있다고 여기다니 말이야. 좋아, 어쨌든 나는 그런 네가 마음에 쏙 들어. 그래서 하는 말인데 소원을 얘기해봐. 내가 뭐든 다 들어줄 테니까!"

제비가 자신감 넘치는 목소리로 말했다.

"내 소원을 들어주겠다고?"

"그래."

"사실 꼭 이루어졌으면 하는 소원이 있기는 한데……."

"그렇다면 말해 보라고!"

"많이 늦기는 했지만, 지금이라도 백성들에게 속죄하고 싶어. 그래서 하는 말인데, 내가 가진 것들을 저 불쌍한 사람들한테 나눠 주고 싶어."

왕자의 말을 들은 제비가 드러내놓고 비웃었다.

"허허, 이런 황당한 사람을 봤나!"

"황당하다니, 뭐가?"

"지금 네 꼬락서니를 한번 봐봐. 모든 것을 다 빼앗긴 채 장대에 묶여 있는 처지에 도대체 뭘 나눠 줄 수 있는데?"

"그렇지 않아. 내게는 아직 나누어 줄 게 남아 있어."

"그게 뭔데?"

"오물을 뒤집어쓰는 바람에 색깔이 변해 사람들이 그냥 지나치고 말았지만, 내 어깨에는 아직 금으로 만든 장신구가 달려 있어."

"어! 그래?"

"그 장신구를 떼어내 저기 뒷골목 허름한 집에 누워 있는 아이에게 전해 줘. 그 금이면 의사를 불러 치료를 하고도 남아서, 보름 정도 먹을 식량은 구할 수 있을 거야."

"알았어. 약속했으니 지켜야지!"

"고마워!"

"고맙긴. 난 거짓말을 밥 먹듯이 하는 사람이 아니라 제비거든!"

제비는 왕자의 어깨에 달린 금 조각 장식을 부리로 쪼아 뜯어냈다. 그러고 나서 왕자가 눈빛으로 가리킨 집을 향해 있는 힘껏 날아올랐다.

작은 벽돌집 창 안쪽에 비쩍 마른 아이가 가쁜 숨을 몰아쉬며 누워 있었다. 아이는 어떻게든 움직여 보기 위해 온 힘을 다 썼지만 손가락 하나 움직일 힘이 없었다. 아이의 어머니 역시 아이 못지않게 초췌한 몰골이었다. 혹시나 하는 마음에 장롱에 넣어 둔 옷 주머니까지 뒤져 보았지만 동전 하나 찾을 수 없었다. 그래서 사랑하는 아들이 죽어 가는 모습을 그저 지켜볼 수밖에 없었다.

제비는 아이의 집을 두어 바퀴 돌다가 살짝 열린 창문 틈으로 왕자의 금 장신구를 떨어뜨렸다. 왕자의 어깨에 달려 있던 금 조각은 기운 없이 펴져 있던 아이의 손바닥에 정확하게 떨어졌다. 하지만 아이는 여전히 그대로 누워 있었다. 손바닥의 감각이 없어져 버릴 만큼 약해져 있었던 것이다.

잠시 후, 아이의 어머니가 금 조각을 발견했다.

"오, 하느님! 감사합니다. 이제 의사를 부를 수 있게 되었어요!"

아이의 어머니는 뜨거운 눈물을 흘리며 감사의 기도를 드렸다.

코끝이 찡해진 제비가 왕자의 곁으로 돌아왔다.

"아이 어머니가 장신구를 발견했어. 감사 기도가 끝나면 곧바로 의사를 부르러 달려갈 거야. 이제 소원이 이루어진 셈이네."

왕자가 진심에서 우러나온 감사 인사를 했다.

"정말 고마워! 이 은혜를 어떻게 갚아야 할지 모르겠구나."

쑥스러워진 제비의 입에서 엉뚱한 소리가 나왔다.

"머잖아 죽을 사람이 은혜를 갚기는……."

하지만 왕자는 개의치 않았다. 닥쳐올 죽음에 대한 두려움도 없는 듯했다.

"작은 도움이지만 누군가에게 희망을 주었다는 생각에 마음이 한결 편해졌어. 그런데 이 도시에는 고통받는 사람들이 너무나 많아."

"그렇기는 하지!"

"제비야, 난 그 사람들에게도 도움을 주고 싶어."

제비가 뜨악한 표정으로 외쳤다.

"마지막 남은 장신구마저 줘 버렸잖아!"

"알고 있어."

"그래서 네게는 이제 나누어 줄 게 아무것도 없다고!"

하지만 왕자는 고개를 내저었다.

"내 몸이 있어. 나는 내 몸을 나눠 주고 싶어."

화들짝 놀란 제비가 외쳤다.

"몸을 나누어 주다니?"

"저기 두 번째 골목길 담벼락에 몸을 기대고 서 있는 청년 보이니?"

"응, 보여."

"저 청년은 국왕의 명령으로 전쟁에 나섰다가 다리를 잃었어. 다행히 목숨은 건질 수 있었지만 다리가 없는 청년이 어떤 일을 할 수 있겠니? 저렇게 부랑자가 된 건 순전히 내 아버지인 국왕 때문이었던 거지."

"그래서 뭘 어떻게 하고 싶은데?"

"내 다리를 잘라 저 청년에게 붙여 줄 수 있어?"

"뭐라고?"

"부탁이야."

제비가 머리를 절레절레 흔들었다.

"이럴 줄 알았으면 소원 하나만 들어 준다고 말할걸! 그런데 말이야, 내 부리가 다리를 쪼아 대기 시작하면 무척 고통스러울 텐데, 괜찮겠어?"

"견딜 수 있어!"

"좋아! 그게 소원이라면 또 들어주는 수밖에……."

왕자의 무릎 쪽으로 내려간 제비가 다리를 쪼기 시작했다. 날카로운 부리가 피부를 뚫자 시뻘건 피가 흘러내렸다. 하지만 왕자는 눈 한번 깜박이지 않았다. 살점이 모두 떨어져 나가고 뼈를 갉아낼 때 역시 마찬가지였다. 왕자의 이마에서는 땀이 비 오듯 쏟아져 내렸고, 급기야는 눈동자가 뒤집힌 채 기절을 하고 말았다.

제비는 그 틈을 이용해 더욱 강하게 쪼아 댔다. 하지만 다리보다 부리가 너무 작았다. 그래서 왕자는 깨어났다 기절하기를 일곱 차례에 걸쳐 반복해야 했다. 그러고 나서야 겨우 왼쪽 다리를 분리해 낼 수 있었다.

부리로 쪼아대는 통증이 잦아들자 왕자가 물었다.

"제비야, 다 끝났니?"

제비가 가쁜 호흡 때문에 헉헉거리며 대답했다.

"내가 독수리였더라면 고통이 덜했을 텐데, 미안해."

"아니야, 고마워!"

"피가 응고되기 전에 이 다리를 청년에게 붙여 주고 올게."

"응, 수고해 줘!"

제비는 왕자의 왼쪽 다리를 물고 청년에게 날아갔다. 청년은 여전히 남의 집 담벼락에 몸을 기댄 채 멍한 표정을 짓고 있었다. 희망이 없으니 삶의 의욕도 없었고, 삶의 의욕이 없으니 생기라고는 눈을 씻고 봐도 찾을 수 없는 지경이었다.

청년은 오 년 전 국왕의 결정에 따라 전국에 징집 명령이 떨어졌을 때 가족들을 대표해서 입대하게 되었다. 늙은 아버지가 전쟁터에 가면 며칠도 버티지 못한 채 저세상 사람이 되어 버릴 테고, 동생들은 아직 나이가 어려 차마 보낼 수 없었다.

모두를 위해 스스로 전쟁터로 향했던 청년이었지만, 불구자가 되어 돌아오자 너나 할 것 없이 등을 돌려 버렸다. 가족도 이웃도 친구도 모두 자기 살기에 바빠 짐 덩이 장애인이 되어 버린 청년에게는 눈길조차 주지 않았다.

청년은 그렇게 거리로 나왔다. 운수가 좋은 날은 빵 한 조각이라도 동냥해 주린 배를 채울 수 있었지만, 그런 날은 가물에 콩 나듯 며칠 걸러 한 번씩이었다. 그래서 대부분의 날은 냉수를 벌컥벌컥 들이켜 허기를 달랠 수밖에 없었다.

제비는 청년 주위를 한 바퀴 빙그르르 돌고 나서 휑한 왼쪽 다리 부근에 내려앉았다. 느닷없이 나타난 제비 때문에 깜짝 놀란 청년이 목발을 놓치면서 벌러덩 넘어졌다. 그 사이에 제비가 순식간에 들러붙어 왕자의 다리를 붙여 주었다.

아무것도 모르는 청년이 제비에게 넘어진 화풀이를 했다.

"이런, 젠장! 이제는 하찮은 제비 새끼까지 날 무시하네! 한쪽 다리가 없는 놈이라고 너까지 날 만만하게 여기는 거냔 말이다!"

청년은 길바닥에 나뒹굴고 있는 목발을 짚기 위해 오른쪽 다리에 힘을 줘 일어섰다. 그리고 외발 뜀뛰기를 하려는 순간, 왼쪽 다리가 땅바닥에 닿았다.

청년의 시선이 자신의 왼쪽 다리를 향했다.

오 년 전에 사라져 버렸던 무릎 아래쪽 다리가 붙어 있었다.

"오, 하느님! 세상에, 제비님! 감사합니다. 제가 다시 걸을 수 있게 되었네요. 다른 사람들처럼 일하며 떳떳하게 살 수 있게 되었다고요! 감사합니다, 정말 감사합니다!"

청년은 기쁨의 눈물을 흘리며 제비가 날아간 방향을 향해 기도했다.

제비는 그런 청년의 모습에 가슴이 뿌듯해졌다. 제비는 흐뭇한 마음으로 왕자에게 날아와 외쳤다.

"왕자, 청년은 이제 걷게 되었어!"

왕자가 고개를 끄덕였다. 왕자의 고개가 흔들릴 때마다 왕자의 왼쪽 허벅지에서는 피가 뚝뚝 떨어져 내렸다.

"수고했어. 그리고 고맙다. 하지만 고통받는 사람은 아직도 많아."

"그 몸으로 뭘 또 하겠다고? 제발 그러지 말고 좀 쉬어. 자칫하면 네가 죽을 수도 있다는 걸 왜 몰라?"

"알아. 하지만 나는 이미 죽은 목숨이라는 사실도 알고 있어. 시민들에 의해 왕궁에서 끌려 나온 순간, 내게 남은 것은 죽음뿐이었거든. 어차피 죽으면 썩어 없어질 몸이잖니. 그래서 나는 내 몸이 누군가의 삶에 보탬이 되면 좋겠어. 나 대신 그 사람이 행복하면 난 저승에서라도 행복할 테니까……."

제비는 더는 왕자를 말리지 않았다. 지금까지 했던 걸 미루어 보아도 말린다고 해서 그만둘 왕자도 아니려니와, 왕자의 말이 전적으로 옳았기 때문이다.

"그래. 까짓것 소원대로 해 주지, 뭐!"

제비는 그동안 수많은 사람을 보아 왔지만, 왕자처럼 순수하고도 완벽하게 착함을 추구하는 사람은 없었다. 아니, 얘기조차 들은 적이 없었다. 그래서 군말 없이 왕자의 소원을 들어주기로 했다.

제비는 왕자의 오른쪽 다리를 뜯어내어 왕궁을 공격할 때 선봉에 나섰다가 다리를 잃은 시민에게 붙여 주었고, 왕자의 양팔 역시 수천 번을 쪼아 뜯어낸 뒤 화재로 손을 잃은 소녀와 마차 바퀴에 깔려 팔을 잃은 어느 가장에게 붙여 주어 예전의 삶을 되찾게 해 주었다. 사지가 하나씩 뜯길 때마다 왕자는 죽음보다 더한 고통을 견뎌야 했다.

이제 왕자의 눈빛은 자신의 배를 향하고 있었다.

제비는 나무에 구멍을 내 집을 짓는 딱따구리처럼 왕자의 뱃살을 동그랗게 뜯어냈다. 왕자의 입에서 피가 분수처럼 뿜어져 나왔다. 하지만 왕자는 신음 한 번 내지 않았다.

제비는 왕자 배에 뚫린 구멍으로 들어가 간을 꺼냈다. 그 간의 새 주인은 나라의 앞날을 걱정하다 간이 돌덩이처럼 굳는 바람에 목숨이 얼마 남지 않게 된 철학자였다. 왕자의 폐, 왕자의 위, 왕자의 신장은 그렇게 다른 사람들의 몸으로 이식되었다.

제비가 자신의 몸에서 마지막으로 꺼낸 긴 대장이 빨랫줄처럼 늘어지자 왕자는 그만 기절하고 말았다. 하지만 제비는 왕자를 그대로 둔 채 대장마저 새로운 주인에게 옮겨 주었다. 그러고 나서 돌아와 보니 왕자의 얼마 남지 않은 몸이 축 늘어져 있었다.

"혹시 죽은 거야? 죽지 않았다면 정신 좀 차려 봐!"

제비가 왕자의 머리를 톡톡 건드렸다.

가까스로 눈을 뜬 왕자가 소곤거리듯 작은 목소리로 말했다.

"수고했어, 제비야. 사람들은 어때? 좋아 보였어?"

"그럼! 불행한 일로 몸이 상하기 전보다 훨씬 더 행복해하고 있어. 하지만 난 왕자가 가장 걱정스러워."

"난 괜찮아. 단 한 명의 백성이라도 나 때문에 행복해질 수 있다면 난 그걸로 충분히 만족해. 그런데 제비야, 저기 저 아이는 어린 나이에 대장간에서 일하다 불꽃이 튀어 눈으로 들어가는 바람에 시력을 잃고 말았어. 길 건너에서 입을 벌린 채 걷고 있는 여인은 한때 왕궁 최고의 요리사였지. 하지만 왕비였던 내 어머니의 입맛에 맞지 않는 음식을 만들었다는 죄로 혀를 잘리고 말았단다. 그리고 내가 묶여 있는 장대에 기대 지친 몸을 쉬고 있는 저 노인은 평생 그 어떤 소리도 들어 본 적이 없는 사람이야. 나는 저분에게 소리를 선사해 주고 싶어."

"그럼 그래야지 내가 뭘 어떡하겠어?"

대답을 마친 제비는 왕자의 머리로 올라갔다.

부리에 눈알이 손상되어 왕자가 원하는 일을 망칠까 봐 머리를 쪼아 큼지막한 구멍을 낸 뒤 안쪽에서 눈알을 잡아 빼려는 계산이었다. 그래서 대장간 소년은 세상을 다시 볼 수 있게 되었다. 궁중요리사와 노인 역시 혀와 고막을 얻은 덕분에 기적처럼 맛을 느끼고 소리를 들을 수 있게 되었다.

임무를 마친 제비가 흉측한 모습으로 매달려 있는 왕자에게 돌아왔다.

제비가 마음속 간절함을 담아 외쳤다.

"모두 행복해하지만, 난 행복하지 않아! 네 모습이 너무 안타까워 가슴이 무너져 내리고 있다고!"

하지만 왕자는 이제 말을 할 수도, 눈짓을 보낼 수도, 소리를 들을 수도 없었다. 그런 가운데서도 왕자는 제비를 향해 뭔가를 얘기하고 있었다.

"으……, 으으흐으!"

이미 오랜 시간 왕자와 함께했던 제비였다. 따라서 제비는 왕자가 무엇을 말하려 하는지 충분히 알 수 있었다.

"왕자, 심장은 마지막 남은 생명이야. 그것마저 나누어 주라고……?"

"으흐……!"

제비는 왕자의 가슴으로 날아가 심장 부근의 살점을 뜯어내기 시작했다. 상처 부위가 심장 가까운 곳이다 보니 그 어느 곳보다 많은 피가 흘러 나왔다. 왈칵왈칵 뿜어져 나오는 피가 제비의 온몸을 적시고 광장에 흩뿌려졌지만 제비의 날카로운 부리는 잠시도 멈추지 않았다.

살점을 충분히 제거한 제비는 두 다리를 왕자의 가슴 깊숙이 집어넣어 심장을 뽑아냈다. 제비의 발에 뽑혀 나온 심장이 쿵쾅쿵쾅 뛰고 있었다. 제비는 심장 박동이 멈추기 전에 재빨리 하늘로 날아올랐다.

잠시 후, 제비는 태어날 때부터 심장병을 앓아 버려진 한 소녀를 향했다. 소녀의 얼굴은 이미 절반 이상 죽어 있었다. 제비는 누워 있는 소녀의 가슴팍에 내려앉아 왕자에게 그랬던 것처럼 살을 뜯어내기 시작했다. 하지만 의식이 없는 소녀는 고통조차 느끼지 못했다. 제비는 그렇게 소녀의 가슴에 왕자의 심장을 심어 주었다.

모든 일을 끝낸 제비가 왕자에게 돌아왔다. 제비 역시 너무지쳐 부리를 달싹일 힘조차 없었다. 하지만 제비는 온 힘을 끌어모아 말했다.

"가녀린 소녀에게 네 심장을 달아 주었어. 그 아이는 이제 건강해질 거야. 네 가슴이 건강했던 것처럼……."

이미 목숨을 잃은 왕자의 얼마 남지 않은 몸은 사실, 잘게 다져 놓은 고깃덩이처럼 보였다. 제비가 그런 왕자를 대신해 도시를 바라보았다. 제비의 시야에 왕자의 몸을 이식받아 다시 태어난 사람들이 들어왔다.

제비가 왕자에게 그 이야기를 들려 주었다.

"네 몸의 일부를 받은 사람들은 모두 새로운 삶을 살게 되었어. 하지만 네 간절한 소망과는 달리, 그들은 별로 행복해지지 않은 거 같아. 금으로 제작된 장신구를 받은 아이는 결국 죽고 말았어. 술에 잔뜩 취한 그 아이 아버지가 집에 들어와 금덩이를 보고는 눈이 뒤집혀 버렸거든. 그래서 온몸으로 말리는 아내를 때려눕힌 뒤 장신구를 들고 나가 팔아 버렸지. 그 아이 아버지는 그 돈으로 술을 또 잔뜩 퍼마셨고, 결국은 도개교에서 굴러 떨어져 죽어 버렸어. 그래서 아이는 병으로 죽었고, 어머니는 끝내 자살했어."

이미 죽은 왕자가 자신의 말을 들을 수 없다는 사실을 제비가 모를 리가 없었다. 하지만 제비의 중얼거림은 계속되었다.

"네 왼쪽 다리를 받은 청년은 가족들과 완전한 이별을 선택했어. 그동안 받았던 냉대와 괄시를 도저히 잊을 수가 없었던 게지. 그리고 네 눈을 받은 대장간 소년은……."

제비의 목소리가 잦아들기 시작했다. 추위와 피로를 이겨 내기 위해 피에 젖은 몸을 왕자에게 기댔지만 전혀 나아지지 않았다. 그런데도 제비는 말을 멈추지 않았다.

"참, 네 귀를 받은 노인은 난생처음 자신에게 욕을 하고 저주를 퍼붓는 사람들의 말을 듣고는 충격을 받아 건물 밖으로 몸을 던져 버렸단다. 네 몸의 일부를 가져간 수많은 사람을 보면서 느낀 건데, 세상엔 완벽함이란 없는 거 같아. 눈에 보이느냐 보이지 않느냐의 차이일 뿐, 모든 사람은 크고 작은 장애를 갖고 있다는 얘기야."

제비의 몸이 점점 식어 가고 있었다. 호흡 역시 가늘어지면서 숨을 쉬는 횟수 또한 줄어들고 있었다.

"왕자! 이 도시에서 가장 착한 사람은 바로 너였어. 그러니 이 도시 사람들에게 미안해할 필요 없어."

그 말을 끝으로 제비의 호흡이 멈추었다.

다음 날, 장대에 매달린 왕자를 구경하기 위해 광장으로 나온 사람들은 하나같이 충격에 빠졌다. 드넓은 광장 곳곳에 피가 흩뿌려져 있었고, 왕자의 몸뚱이는 형체조차 알아볼 수 없을 만큼 심하게 손상되어 있었기 때문이다.

왕자의 남은 몸뚱이가 집행관에 의해 장대에서 내려졌다. 집행관은 왕자의 어깨에 앉아 죽은 제비를 따로 떼어 쓰레기통에 던져 버렸고, 왕자의 남은 몸 또한 뒷골목 어딘가에 버려 흔적마저 남겨지지 않게 되었다.

도시의 많은 불행한 사람들이 왕자의 몸 일부를 이식받아 새로운 삶을 살 수 있었다. 그 이후의 일이 어떻게 되었든 상관없이……. 하지만 그 누구도 자신에게 도움을 준 사람의 정체를 알지 못했다. 심지어 그 사람들 중에는 왕자의 사형 집행 방법이 지나치게 관대했다며 많은 사람 앞에서 목청껏 소리치는 자도 있었다.

모두가 떠나버린 휑한 광장에 한 소녀가 나타났다.

왕자의 따뜻한 심장을 가슴에 품게 된 소녀는, 그 많은 사람 중 유일하게 자신의 목숨을 살려준 은인을 알고 있었다. 소녀는 쓰레기통에 버려진 제비를 꺼내 무덤을 만들어 주었다. 그리고 무릎을 꿇은 뒤, 두 손을 가지런히 모았다.

'제게 건강한 심장을 선사해 준 왕자님, 감사합니다. 왕자님 덕분에 이 세상에 남게 된 저는 이제, 당신의 숭고한 뜻을 이어

받아 착함을 실천하는 삶을 살아갈 거예요. 그러니 당신의 심
장이기도 한 내 심장이 멈추어 우리가 만나는 날, 하늘나라의
행복한 왕자가 되어 제비와 함께 잘 사는 모습을 보여 주셔야
해요!'

부시통

"우향 앞으로 가!"

또각또각, 또각또각.

"잰걸음으로 가!"

달그닥 달그닥, 달그닥 달그닥.

그는 군인이자 생존자였다.

인간의 탐욕이 불러일으킨 원초적인 공포, 또는 그 이상의 공포만이 가득했던 전장에서 살아남은 진정한 영웅이었다.

그에게 있어서 전쟁에서 승리했는지 패배했는지는 중요하지 않았다.

그를 이끌었던 지휘관은 팔다리를 잃은 불구자가 되었고, 생사를 함께했던 대부분의 전우는 목이 떨어져 나간 시체가 되었다. 그런 가운데 사지 멀쩡하게 간직한 채 귀환한 그는, 사실상

완벽한 승리자인 셈이었다.

"좌향 앞으로 가!"

또각또각, 또각또각.

"제자리에 서!"

달그닥 타탁.

등에 그를 태운 말 역시 주인이 만끽하고 있는 승리감에 도취한 듯, 당당하게 발걸음을 옮기고 있었다. 그가 메고 있는 군장과 허리춤에 차고 있는 검, 그리고 튼튼한 말이 오랜 전쟁 끝에 남은 기념품이었다.

다만 한 가지 아쉬운 점은 온전한 몸으로 승리한 전쟁의 영웅이 되어 귀환했지만, 부대가 해산된 뒤 고향으로 돌아가면 여전히 가난한 퇴역군인으로 남을 것이라는 사실이었다.

실리주의자인 그는 물론 한 치의 망설임도 없이 전쟁 기념품들을 팔아 목돈을 마련할 것이었다. 하지만 어떤 일을 시작하든 그 돈만으로는 부족할 게 뻔했다.

"안녕하신가요, 군인 나으리!"

고향으로 가는 길목에 앉아 깊은 고민에 빠져 있던 군인의 귓전에, 듣는 것만으로도 온몸에 소름이 끼치는 괴기한 목소리가 들려왔다. 흠칫 놀란 그가 소리 나는 곳을 향해 고개를 돌렸다.

"으엥?!"

목소리의 주인공을 확인한 군인은 다시 한번 놀랐다.

마녀였다. 마녀는 길쭉한 매부리코에 바싹 마른 나뭇가지 같은 손가락, 게다가 등이 지나치게 구부려져 아랫입술이 축 늘어진 가슴에 닿을 지경으로 흉측한 몰골 그 자체였다.

"나리께서는 큼직한 군장과 멋진 검, 그리고 튼튼한 말을 가진 훌륭한 군인이시군요. 백성들을 위해 전쟁을 치르신 나리께 금은보화로 보답을 하고 싶은데, 어떻게 생각하시는지요?"

마녀의 목소리는 마치 얼굴 위로 지네가 기어가는 듯 진저리를 치게 했지만, 전쟁이 끝난 이후 개인적으로는 처음 듣는 칭찬의 말이었기에 군인의 기분은 무척 좋아졌다.

"고맙구려, 마녀 양반!"

그렇게 대답한 군인이 입가에 억지 미소를 머금으며 말을 이었다.

"금은보화를 거저 내주지는 않을 테고, 내가 뭘 하면 되는 거요?"

마녀가 멀찌감치 떨어져 있는 아름드리나무를 가리키며 말했다.

"저기 커다란 나무 보이지요? 겉으로 보기에는 평범한 나무 같지만, 나무 안쪽에는 엄청나게 넓은 공간이 있답니다."

"오호, 그래서요?"

"나리께서는 일단 저 나무에 올라가시면 됩니다. 중간쯤 올라가면 옹이가 있는데, 그 부근을 살펴보면 내부로 연결된 아주 깊은 구멍이 보일 거예요."

"그러니까 내게 저 나무 속으로 들어가란 말이오?"

"역시 현명하신 분이네요. 바로 그겁니다. 제가 나리의 몸을 묶어 안전하게 바닥에 닿을 수 있도록 내려 보내 드릴게요. 그리고 나리께서 신호를 보내시면 다시 끌어 올릴 거고요."

군인이 고개를 갸우뚱하며 물었다.

"밧줄까지 타고 나무 속으로 기어들어 가라……, 괜히 바닥만 찍고 올라오라는 얘기는 아닐 테고……."

마녀가 박수를 짝짝짝 쳤다.

"역시 옳은 말씀만 하시네요!"

군인이 다시 물었다.

"바닥에 뭐가 있소?"

"당연히 돈이 있지요!"

돈이라는 마녀의 말에 군인은 흥미가 확 당겼다.

"돈이 있다고?"

"하지만 나무 안으로 들어가려면 제 말을 깊이 새겨들어야 해요. 나무 아래 바닥에 닿아 땅을 밟으면 삼백 개의 등불이 켜져 있는 거대한 통로가 보일 겁니다. 그 통로를 따라가다 보면 자물쇠가 걸린 세 개의 문 앞에 도착하게 될 테고요. 하지만 자물쇠에는 모두 열쇠가 끼워져 있어서 어렵지 않게 열 수 있지요."

"흐음!"

"첫 번째 문으로 들어가시면 방 한가운데에 커다란 상자가 있는데, 그 옆에는 눈알 하나가 찻잔만큼 큰 개가 앉아 있어요. 하지만 두려워할 것까지는 없답니다. 제가 드릴 격자무늬 앞치마를 바닥에 깔면 그 개는 순한 양처럼 그 위에 올라앉을 테니까요. 그 이후에 나리께서는 편안한 마음으로 상자를 열어 구리 동전을 원하는 만큼 가질 수 있지요."

"오호, 원하는 만큼 가질 수 있다고요?"

"그렇습니다. 하지만 나리께서 구리 동전보다 은화를 더 좋아한다면 지체하지 말고 두 번째 방으로 향하세요. 그곳에는 눈이 수레바퀴만 한 개가 있는데, 역시 큰 문제가 되지는 않을 거예요. 첫 번째 방에서 했던 것처럼 제가 드린 앞치마를 깔면 안전하게 상자를 열어 원하는 만큼 은화를 챙길 수 있으니까요."

"허어, 은화까지 마음껏……!"

"그러나 나리께서 가장 좋아하는 동전이 금화라면 세 번째 방에 들어가야 한답니다. 그곳의 상자는 집채만큼 거대한데, 그 안에 금화가 넘치도록 담겨 있어요. 하지만 그곳을 지키는 개의 눈알 크기는 차원이 달라요. 귀족들이 사는 저택의 수영장만 하거든요. 그러니 당연히 온몸이 부들부들 떨리겠지만 최대한 평정심을 유지하면서 어떻게든 앞치마를 바닥에 깔아야 해요. 그러면 개가 앞치마에 한눈을 팔게 될 테고, 그 틈을 이용해 금화를 마음껏 쑤셔 담으면 된답니다."

군인이 입가에 주체할 수 없는 미소를 지으며 말했다.

"나 같은 군인에게는 그다지 어려운 일도 아니오. 하지만 당신에게는 뭘 줘야 하지? 뭔가 원하는 걸 얻기 위해 내게 기회를 준 게 아니겠소?"

마녀의 입에서 또다시 칭찬에 아부까지 곁들인 대답이 새어 나왔다.

"먼저 그렇게 말씀해 주시다니, 참으로 사려가 깊으신 분이군요. 하지만 저는 그 어떤 동전도 바라지 않는답니다. 다만 한 가지 소망이 있다면, 세 방을 잇는 통로 한가운데 버려진 부시통을 가지고 올라오셨으면 하는 겁니다. 제 증조할머님께서 남기신 유품이라서……."

군인은 최소한 마녀가 챙겨서 올라온 모든 돈의 절반 정도를 요구할 줄 알았다. 하지만 그저 부싯돌 따위를 넣어 두는 작은 통에 불과한 부시통 하나를 주워 오면 된다는 말에 얼굴 가득 웃음기를 머금은 채 흔쾌히 승낙했다.

"좋소! 내 부시통을 반드시 챙겨서 올라오리다."

계약이 성사되자 마녀가 군인의 몸을 밧줄로 묶었다. 그리고 당부했다.

"이 푸른 격자무늬 앞치마를 잊지 마세요."

군인은 의기양양하게 대답했다.

"걱정도 팔자시구려!"

군인은 내용물을 모두 쏟아낸 빈 배낭을 등에 메고 나무를 타기 시작했다. 마녀의 말처럼 얼마 오르지 않아 가지가 뻗어 나가는 곳에 뚫린 구멍을 발견했다. 군인은 그 속으로 몸을 쑤셔 넣었다. 그러고 나서 신호를 보내자 마녀가 밧줄을 풀기 시작했다.

그렇게 한참을 내려가다 보니 불빛이 보였고, 발바닥이 땅에 닿았다. 군인은 이마에 흘러내린 땀을 닦아 낸 뒤, 불을 밝히고 있는 300개의 등잔을 따라 걸음을 옮겼다. 곧이어 자물쇠가 걸린 출입문 세 개가 보였다.

군인은 첫 번째 문을 열었다.

예상대로 눈이 찻잔만 한 개가 상자를 지키고 있었다. 평생 보았던 개 중에서 가장 큰 개 대여섯 마리를 합해 놓은 정도의 덩치였다. 개는 사람인 것으로 보이는 시체에 대가리를 파묻은 채 내장을 뜯어 먹다가 군인이 들어오자 피와 오물로 범벅이 된 고개를 홱 쳐들었다.

그 순간 군인은 움찔했지만 애써 마음을 가라앉힌 뒤 마녀가 준 앞치마를 바닥에 펼쳐 놓았다. 그러자 거짓말처럼 온순해진 개가 귀여운 고양이처럼 앞치마 위에 올라와 앉았다.

긴장을 푼 군인은 상자를 열어 구리 동전을 챙겼다. 하지만 고향으로 가는 길에 잔돈으로 사용할 요량으로 한 주먹만 집어 주머니에 넣었다.

이번에는 두 번째 방이었다.

그 방에 들어서자마자 눈이 수레바퀴만 한 개가 군인을 쳐다보며 으르렁거리기 시작했다. 그 바람에 입술이 벌어져 입에 물고 있던 시체에서 다리 하나와 팔 하나가 '투둑!' 하고 떨어졌다. 군인은 오금이 저렸지만 은화 상자를 보자 용기가 샘솟듯 치솟았다.

정신을 차린 군인이 바닥에 앞치마를 깔자 사람의 몸뚱이를 질겅질겅 씹고 있던 개가 앞발을 그 위에 얹었다. 군인은 서둘러 상자를 열었다. 그리고 주머니에 넣어 두었던 구리 동전 몇 개를 과감하게 내버린 뒤 배낭과 주머니 가득 은화를 채웠다.

군인은 곧 세 번째 방 출입문을 열었다.

문이 열리자 어지간한 뒷동산보다 더 넓은 공간이 펼쳐져 있었다. 군인은 사방을 둘러보았다. 털로 장식한 벽이 포근한 느낌을 주었다. 하지만 잠시 후, 군인은 그것이 자신을 노려보고 있는 개의 눈꺼풀이라는 사실을 깨달았다.

개가 으르렁거리며 입술을 달싹이자 이빨 사이에 낀 사람의 해골과 골반, 그리고 마구 헝클어진 머리카락이 보였다. 군인은 자신의 몸뚱이가 거대한 개의 간식거리가 되기 전에 재빨리 마녀의 앞치마를 내려놓았다. 그러자 개는 으르렁거림을 멈춤과 동시에 순한 양이 되었다.

군인의 시선이 집채만 한 금화 상자로 향했다. 배낭과 주머니를 가득 채운 은화 때문에 발걸음을 떼기가 쉽지 않았지만, 군인의 몸놀림은 바람처럼 빨랐다. 단숨에 상자 위로 뛰어 올라가 상자를 열자 번쩍번쩍 빛나는 금화가 방 안을 환하게 밝혔다.

군인은 아름답다는 생각을 했다. 그래서 앞으로 금화는 돈이 아닌 아름다움이라고 부르리라 다짐했다. 나아가 배낭과 주머니를 거꾸로 뒤집어 들어 있던 은화를 모조리 쏟아 버렸다. 그리고 은화가 사라진 그 공간 가득 금화를 채워 넣었다. 그러고도 성이 차지 않아 군모와 군화는 물론 속옷 안쪽 틈에 이르기까지 모든 공간을 금화로 채워 넣었다.

군인은 금방이라도 넘어질 듯 뒤뚱거리며 세 번째 방을 나왔다.

'나는 이제 부자다!'

헤아릴 수 없이 죽음의 문턱을 넘나들어야 했던 전쟁터였다. 군인은 그 엄청난 고난을 단번에 보상받았다는 데 생각이 미치자 몸과 마음이 하늘을 날 듯 가벼워졌다.

군인이 마녀에게 신호를 보냈다.

"이제 나를 끌어올려 주시오."

마녀가 물었다.

"제가 부탁드렸던 부시통은 챙겼나요?"

그때야 까맣게 잊고 있었던 부시통이 떠올랐다. 군인은 서둘러 통로 중앙으로 달려가 버려진 낡은 부시통을 집어 들었다. 그리고 외쳤다.

"군인은 절대로 약속을 어기지 않소!"

마녀가 군인을 묶은 밧줄을 당기기 시작했다. 하지만 배낭 가득, 주머니 가득, 군모 가득, 군화 가득…… 가득가득 채워진 금화 때문에 군인을 끌어올리기가 여간 쉽지 않았다. 그렇게 한참을 낑낑거린 끝에 군인의 몸이 나무 밖으로 빠져나왔다.

자신이 꺼내온 금화를 바라보며 군인은 감동의 눈물을 흘렸다. 자신도 모르는 사이에 꺼이꺼이 곡성을 토해 냈다. 그런 군인을 물끄러미 쳐다보고 있던 마녀가 입을 열었다.

"인제 그만 진정하시고 내 부시통을 주세요."

그 말에 정신을 차린 군인은 마녀에게 부시통을 건네주려다 다시 품 안에 감추며 의혹에 찬 눈빛으로 물었다.

"이 부시통으로 뭘 할 거요?"

마녀가 퉁명스럽게 대답했다.

"그건 당신이 알 바 아니지요."

군인이 발끈하며 소리쳤다.

"내가 기어코 알아야겠다면 어쩔 거요?"

하지만 마녀도 물러서지 않았다.

"처음 약속과는 다르잖아요! 금화는 한 닢도 건드리지 않을 테니 약속대로 부시통을 내놓으라고요!"

군인이 고개를 저었다.

"당신이 이 부시통으로 무엇을 할지 끝까지 말하지 않는다면 내 이 칼이 당신의 목을 뚫고 들어가게 될 거요!"

마녀의 안색이 파랗게 질렸다.

"뭐라고요?"

마녀가 품에서 저주가 스민 단검을 꺼내려는 순간, 육박전으로 단련된 군인이 더 빠른 속도로 마녀의 목을 잘라 버렸다.

"커억!"

전혀 예상하지 못한 상황이었지만 눈 깜짝할 사이에 벌어진 일이었다.

군인은 굴러 떨어진 마녀의 머리통을 향해 콧방귀를 한번 날려 준 뒤 챙겨온 돈을 마녀의 푸른 격자무늬 앞치마에 담아 묶었다. 그리고 마녀의 부시통을 챙겨 주머니에 넣고는 말에 올라타고 가장 가까운 마을로 향했다.

군인은 마을에서 가장 훌륭한 여관에 머무르면서 마을에서 가장 비싼 음식들로 잔치를 벌였고, 넉넉한 화대를 앞세워 마을의 모든 창부를 독차지해 버렸다. 그는 이제 퇴역한 군인이 아니라 나라에서 가장 큰 부자였다. 돈벌이를 하고 싶은 사람이라면 누구나 만나고 싶어 하는 귀빈으로 거듭나게 되었다.

그러던 어느 날이었다.

한 상인이 군인을 찾아와 나라에서 가장 아름답다는 공주를 만나 볼 의향이 있는지를 물었다. 갑부가 된 군인은 아름답다는 말과 공주라는 말에 귀가 솔깃해졌다. 그래서 물었다.

"공주를 언제 만날 수 있소?"

상인이 대답했다.

"공주님은 높은 성벽으로 둘러싸인 거대한 구리 성에 살고 있습지요. 그 성은 왕을 제외한 그 누구도 드나들 수 없는데, 그 이유는 공주가 평범한 군인에게 시집갈 것이라는 예언이랍니다. 왕은 어여쁘기 그지없는 공주를 평범한 군인에게 줄 생각이 없기에 구리 성에 가두어 아무도 만날 수 없게 한 것입지요. 특히 왕에게는 공주 말고는 자녀가 없어서 공주와 결혼을 하면 왕위를 이어받게 된다고 합지요. 그래서 왕은 더더욱 공주의 배필을 신중하게 선택할 거라고 합니다요."

군인이 미간을 살짝 찌푸리며 중얼거렸다.

"그렇다면 더더욱 만나 봐야 되겠구먼!"

그때부터 군인은 공주를 만나기 위한 작전의 일환으로 명성을 쌓기 시작했다. 귀족들과 친분을 쌓을 수 있는 공연을 관람

하고, 대규모 파티를 주관하기도 했다. 가난한 사람들을 위한 기부 역시 게을리하지 않아 많은 사람으로부터 칭송을 받았다.

군인은 그렇게 부자이면서도 심성이 착한 신사가 되었다. 나아가 귀족들의 사교 모임에도 빠짐없이 초대되는 유명인사로, 나날이 명성이 높아졌다. 하지만 왕은 평범한 군인이 돈을 앞세워 명성을 얻은 것뿐이라며 그의 면담 요청을 번번이 거절했다.

그런데도 군인은 공주를 만나 보리라는 집착을 버리지 못한 채 오랜 세월 공을 들였다. 그 바람에 헤아릴 수 없이 많던 금화가 바닥을 보이기 시작했다. 그렇게 얼마간의 시일이 더 지나자 그동안 사들였던 멋진 옷과 구두와, 명성의 상징과도 같았던 중절모까지 처분해야 하는 신세가 되었다.

군인은 결국 전장에서 귀환할 당시 갖고 있었던 멋진 칼과 튼튼한 말도 없이, 낡은 배낭 하나만 달랑 짊어진 채 마녀를 만났던 나무를 향해 발걸음을 옮겼다. 군인은 아련한 눈빛으로 아름드리나무를 쳐다보았지만, 마녀의 도움 없이는 구리 동전 한 닢조차 꺼내 올 수 없다는 사실을 알고 있었다.

먹을 것을 찾기 위해 배낭을 뒤져 보았다. 하지만 배낭 속에는 말라빠진 빵조각 하나 없었다. 그런데 그의 손끝을 툭 건드리는 물건이 하나 있었다. 군인은 조심스럽게 그 물건을 꺼냈다. 그 물건은 바로 마녀가 간절히 원했던 부시통이었다.

날이 어두워지면서 추위가 몰려오자 불을 피우기 위해 부시통을 비볐다. 그런데 불꽃이 피어나던 부시통에서 난데없는 개세 마리가 튕겨져 나왔다. 군인은 하마터면 뒤로 벌러덩 넘어질 뻔했다. 그런데 다시 한번 확인해 보니 나무 속에서 만났던 그 개들이었다.

군인은 어찌해야 할 바를 몰라 어벙한 상태로 개들을 바라보았다.

"무엇을 원하십니까, 주인님!"

눈이 수레바퀴만 한 개가 말했다.

"오, 오랜만에…, 다, 다시 보게 되는군!"

군인의 입에서 떨리는 목소리가 새어 나왔다. 하지만 주인님이라는 뒷말이 군인의 귀를 번쩍 뜨이게 했다. 애써 냉정함을 되찾은 군인이 물었다.

"내가 원하는 것이라면 무엇이든 가져다줄 수 있느냐?"

"명령만 내리시면 무엇이든 가능합니다, 주인님!"

"그럼 내게 돈을 가져다 다오."

"네, 주인님!"

대답이 끝나기가 무섭게 개 세 마리가 나무 속으로 사라졌다. 그리고 얼마 지나지 않아 바람처럼 군인 앞으로 되돌아왔다. 눈이 찻잔만 한 개가 구리 동전을 잔뜩 채운 주머니를 입에 물고 가장 먼저 도착했다. 눈이 수레바퀴만 한 개가 뒤를 이어

가방 가득 은화를 가져왔고, 눈이 수영장만 한 개는 거대한 상자에 금화를 잔뜩 담아 왔다.

부시통의 도움을 받은 군인은 다시 부자가 되었다. 그래서 불과 며칠 만에 화려한 여관방으로 돌아올 수 있었고, 비싼 옷들을 사들였으며, 금화가 바닥을 보이면서 등을 돌렸던 친구들이 모여들었다. 하지만 군인은 예전처럼 행복하지 않았다. 공주를 만날 수 있다는 희망을 포기해 버렸기 때문이었다.

어느 날, 군인은 깊은 생각에 빠져들었다.

'수많은 사람이 공주의 아름다움을 칭송하고 있어. 하지만 아무도 만날 수 없는 구리 성에 갇혀 지내면 그 아름다움이 무슨 소용인가?'

군인은 왕을 원망했다. 구리 성에 갇혀 있는 공주 역시 아버지인 왕을 원망하고 있을 거라 생각하면서 왕을 원망하고 또 원망했다. 그러던 어느 한순간이었다. 명령만 내리면 무엇이든 가능하다는 부시통 속 개가 섬광처럼 머릿속을 스쳐 지나갔다.

부시통을 꺼낸 군인은 개를 불러냈다.

부시통 속에서 눈이 찻잔만 한 개가 튀어나왔다.

"구리 성에 갇힌 공주가 만나고 싶다. 자정이 지나기 전에 공주를 잠시 만나보고 싶어."

군인의 말이 끝나기를 기다렸다는 듯 개가 순식간에 어둠 속으로 사라졌다. 그리고 군인이 채 고개를 돌리기도 전에 공주를 등에 실은 개가 눈앞에 도착해 있었다.

공주는 개 등에 엎드려 잠이 들어 있었다. 군인은 공주를 보자마자 사랑에 빠져 버렸다. 떠돌던 소문보다 공주는 훨씬 더 아름다웠다. 구리 성 안에서만 지냈던 탓인지 햇빛을 보지 않은 하얀 피부에서부터, 풍만하게 부풀어 오른 가슴과 핑크빛으로 반짝이는 입술에 이르기까지, 공주는 천사의 모습 그 자체였다.

잠에서 깬 공주가 눈을 뜨자 호박색 보석 같은 눈빛이 드러났다. 그 모습에 홀딱 반한 군인은 그만 공주를 껴안아 입을 맞추고 말았다. 공주는 아직 꿈인지 현실인지 분간을 하지 못하는 듯했다. 분명히 구리 성에 있는 침실에서 잠이 들었는데, 어느 순간 장소를 알 수 없는 여관으로 끌려와 낯선 남자의 품에 안겨 있었기 때문이었다.

군인은 공주의 입술을 끊임없이 빨아들이면서 입고 있던 잠옷을 우악스럽게 벗겨 냈다. 공주는 저항했다. 하지만 잠에서 금방 깨어난 몽롱한 상태에서 그저 두 팔을 허우적거릴 뿐이었다. 게다가 어찌 된 셈인지 온몸의 힘이 어디론가 자꾸만 빠져나가고 있었다.

날이 밝기 직전, 눈이 찻잔만 한 개는 공주를 등에 태운 채 구리 성으로 돌아갔다. 공주는 구리 성에 도착한 이후에야 제

정신이 돌아왔다. 공주는 부모님과 아침 식사를 하면서 지난밤 꿈속에서 보았던 커다란 개는 물론, 낯선 군인과의 하룻밤 이야기를 들려 주었다.

공주의 꿈 이야기를 다 들은 왕비가 말했다.

"참으로 기이한 꿈을 꾸었구나."

왕비는 공주의 이야기가 현실인지 꿈인지를 확인하기 위해 공주의 침실에 하녀를 보내 감시하게 했다.

다음 날 저녁, 군인은 또다시 공주가 보고 싶어졌다. 그래서 부시통을 비볐고, 개에게 공주를 데려오라는 명령을 내렸다. 개가 구리 성에 침입해 잠든 공주를 등에 태워 나가자 하녀는 죽을힘을 다해 뒤를 쫓았다. 개가 워낙 빨라 따라잡지는 못했지만 어느 마을로 향했는지 방향은 짐작할 수 있었다.

한참이 지난 뒤, 마을에 도착한 하녀는 마을 곳곳을 돌아다니다 마침내 커다란 여관을 발견했다. 게다가 그 여관 어딘가에서 공주의 끈적이는 신음이 새어 나왔다.

하지만 하녀는 여관에 들어갈 수 없었다. 군인이 여관을 통째로 빌려 버렸기 때문이었다. 하녀는 여관 담벼락에 표식을 남겨 두었다. 공주를 납치한 범인을 찾아 나선 국왕 호위대가 식별할 수 있는 표식이었다.

그런데 군인의 다음 명령을 기다리던 개 중에서 눈이 수레바퀴만 한 개가 이곳저곳을 염탐하고 있는 하녀의 모습을 발견했다. 그리고 하녀가 떠난 이후 담벼락에 새겨 놓은 표식을 발견한 개는 현명하게도 마을의 모든 담벼락에 똑같은 그림을 그려 놓았다.

날이 밝자 국왕은 호위대를 이끌고 공주가 납치된 곳에 표식을 남겨 놓았다는 하녀의 말에 따라 마을을 포위했다. 그리고 마을 입구부터 꼼꼼하게 수색을 하기 시작했다.

잠시 후, 호위대 병사 하나가 외쳤다.

"여깁니다! 여기에 표식이 있어요!"

하지만 또 다른 외침이 뒤를 이었다.

"아니에요, 표식은 여기에 있어요!"

국왕은 어안이 벙벙했다. 조사를 해 보니 마을의 모든 담벼락에 똑같은 그림이 그려져 있었다. 그 이후 국왕 호위대가 마을의 모든 집을 샅샅이 뒤져보았지만, 군인의 흔적은 어디에서도 발견되지 않아 어쩔 수 없이 되돌아갈 수밖에 없었다.

그런데 왕비는 무척 현명한 여인이었다.

그녀는 널따란 천으로 큼지막한 주머니를 만든 뒤 밀가루를 채워 넣었다. 그러고 나서 주머니에 작은 구멍을 뚫어 잠자는 공주의 목에 걸어 두었다. 밤이 되자 발 빠른 개가 또다시 구리성으로 숨어 들어와 공주를 납치해 사라졌다. 하지만 개는 공주의 목에 달린 주머니에서 밀가루가 새고 있다는 사실을 알지 못했다.

이튿날 아침, 왕과 왕비는 호위대를 이끌고 마을로 향했다. 그리고 군인이 머물고 있던 여관을 급습했다. 군인은 그렇게 체포되었고, 공주를 납치해 겁탈한 현행범으로 인정되어 사형이 결정되었다.

정오가 다가오자 군인은 철창이 설치된 수레에 실려 사형이 집행될 광장으로 옮겨졌다. 광장은 이미 수많은 인파로 북적이고 있었다. 군인은 절망 가득한 눈빛으로 사람들을 훑어보다 자신이 고용한 하인의 아들을 발견했다.

군인은 철창 너머에 있는 하인의 아들을 불렀다.

"얘야, 지금 어디 가니?"

아이가 대답했다.

"어디 가는 거 아니에요. 사람들을 따라 아저씨의 목이 매달리는 모습을 보기 위해 구경나온걸요."

군인이 애써 웃음을 지으며 말했다.

"하지만 내 목이 매달리려면 아직 꽤 많은 시간을 기다려야 한단다. 그러니 내 부탁을 하나 들어다오. 내가 머물던 여관으로 달려가 낡은 부시통을 가져다주면 좋겠다. 그걸 가져다주면 너한테 금화 네 닢을 줄게. 그 대신 최대한 빨리 다녀와야 해!"

하인의 아들은 금화 네 닢이라는 말에 두 눈을 동그랗게 뜨더니 부시통을 가지러 떠났다. 아이는 있는 힘을 다해 군인이

묵었던 여관으로 내달렸다. 하지만 군인에게 돌아온 사람은 하인의 아들이 아닌 다른 사람이었다.

그 사람은 도착하자마자 목소리를 높여 인사했다.

"아이고, 이거 위대하신 군인 나리 아니신가요?"

놀랍게도 목소리의 주인공은 군인에게 목이 잘린 마녀였다.

마녀의 목소리를 들은 군인의 얼굴이 파랗게 질려가기 시작했다.

"다, 당신이……, 어, 어떻게 여길……?"

그런데 마녀의 어깨 위에 머리가 보이지 않았다. 그 대신 마녀는 떨어져 나간 자신의 머리통을 오른손으로 들고 있었다. 하지만 마녀의 목소리는 여전했고, 말을 할 때마다 손바닥 위에 얹어진 머리통이 불안정하게 흔들리는 것 빼고는 예전의 그 모습 그대로였다.

마녀가 샐쭉 웃으며 말했다.

"내가 어떻게 왔든 그게 무슨 상관이에요? 어차피 당신은 곧 죽을 목숨인데……."

군인이 최대한 불쌍한 표정을 지어 보이면서 비굴하게 사정했다.

"나를 살려 주시오. 그러면 당신이 시키는 모든 일을 다 하겠소!"

마녀가 큰 소리로 웃었다. 입을 너무 크게 벌리는 바람에 중심을 잃은 머리통이 땅에 떨어질 뻔했지만, 왼손이 재빨리 받쳐 주는 바람에 위기를 가까스로 모면했다.

"우하하하! 이런 황당한 인간을 봤나!"

"……!"

"넌 그 안에 갇혀 있고, 부시통은 결국 내 수중으로 들어왔어. 자, 한번 말해 봐. 나를 위해 네가 뭘 할 수 있는지……."

"……."

군인은 대꾸할 말이 없었다. 그러자 마녀의 꾸지람이 이어졌다.

"네놈이 그 부시통으로 어떤 짓을 벌이는지 지켜보았는데 정말이지 짐승의 본능에 충실한 놈이더구나. 무엇이든 가져다 주는 개들을 이용해 솔로몬의 지혜를 담은 책처럼 세상을 이롭게 하는 유물을 얻을 수 있는데, 네놈이 벌인 일은 고작 그 나무 속에 있는 동전을 꺼내거나 공주를 납치해 겁탈하는 파렴치한 짓이었어!"

"당신도 내가 죽는 꼴을 보기 위해 여기에 왔소?"

"네놈이 의도한 일은 아니지만 잘한 게 딱 한 가지 있어. 그건 바로 공주를 구리 성 밖으로 데리고 나왔다는 사실이야. 아비의 옹고집 때문에 평생을 성에 갇혀 산 공주에게 성 밖 공기는 생명수와도 같았어. 그래서 공주는 자살을 포기했지. 네놈의 그 알량한 수컷 본능 때문에 말이다!"

군인은 공주를 거듭해서 겁탈한 자신이 부끄러웠다. 하지만 공주를 향한 그리움은 부끄러움보다 훨씬 더 컸다. 그래서 다시 한번 고개를 수그린 채 통사정을 했다.

"제발 살려만 주시오. 무슨 일이든 시키는 대로 다 할 테니……."

또 한 차례 큰 웃음을 토해 낸 마녀가 말했다.

"좋다. 살려 주지! 게다가 네놈을 이 나라의 왕으로 만들어 주마. 그 대신 평생 내 꼭두각시로 살아야 할 것이야!"

군인이 머리를 조아렸다.

"감사합니다! 감사합니다, 마녀님!"

정오가 되자 국왕 호위대가 군인을 수레 감옥에서 꺼내 광장으로 끌고 갔다. 광장 중앙에는 이미 커다란 사형대가 설치되어 있었고, 그 주변을 호위대가 철통같이 에워싸고 있었다. 왕과 왕비, 공주는 사형대가 가장 잘 보이는 연단에 앉아 집행을 기다리고 있었다.

잠시 후, 왕이 높이 치켜들었던 엄지손가락을 아래로 내려뜨리며 사형 집행을 명령했다. 그와 동시에 사형집행자 두 명이 달려들어 군인의 목을 움켜쥐었다. 바로 그 순간, 군인이 외쳤다.

"내가 교수형에 당하지 않도록 도와다오!"

군인의 외침이 끝남과 동시에 마녀는 부시통의 불꽃을 세 번 일으켰고, 부시통 속에서 거대한 개 세 마리가 튀어나왔다. 눈이 수영장만 한 개가 군인에게 달려가 온몸으로 감싸며 앞발을 휘두르자 수십 명의 호위대가 썩은 나무처럼 나동그라졌다. 눈이 찻잔만 한 개는 왕을 비롯한 귀빈들이 자리하고 있는 연단으로 뛰어 올라가 아수라장을 만들어 버렸고, 눈이 수레바퀴만 한 개는 혼비백산해 도망치는 사람들을 한입에 덥석덥석 삼키기 시작했다.

　　그 모습을 지켜보던 국왕이 분노에 찬 고함을 질렀다.

　　"나는 이 나라의 왕이다. 누가 감히 내가 하는 일을 방해하는 것이냐?"

　　하지만 왕의 그 외침은 눈이 수영장만 한 개의 심기를 건드렸고, 화가 난 개는 거대한 입을 벌려 공주를 제외한 모든 사람을 통째로 삼켜 버렸다. 그 광경을 보고 공포에 질린 국왕 호위대가 군인 앞에 무릎을 꿇었다.

　　"민간에 떠돌던 예언이 실현되었습니다. 부디 우리의 아름다운 공주님과 결혼해 돌아가신 선왕의 왕위를 계승해 주십시오!"

　　천신만고 끝에 목숨을 구한 군인은 공주와 함께 국왕만이 사용할 수 있는 마차에 올랐다. 곧이어 군인과 공주의 결혼식이 거행되었고, 군인은 정식으로 국왕에 취임했다.

하지만 왕이 사는 성 안에는 마녀가 몸을 숨기고 있었다. 그리고 왕이 된 군인은 죽는 날까지 모든 일을 마녀가 시키는 대로 하는 꼭두각시로 살아야만 했다.

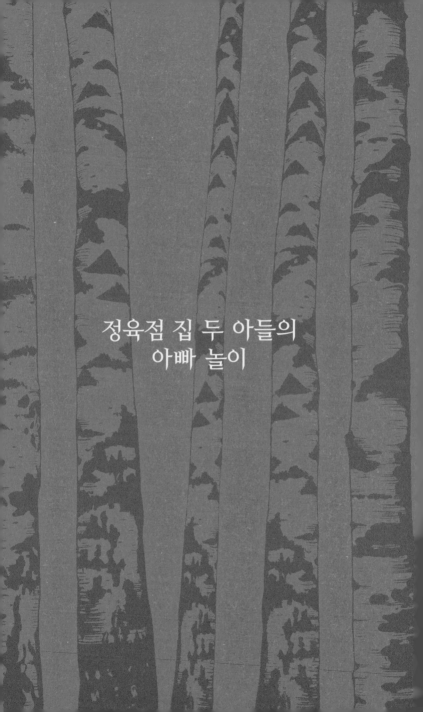

정육점 집 두 아들의
아빠 놀이

한스는 네덜란드의 프레네커라는 작은 도시에서 정육점을 운영하고 있었다. 한스에게는 두 아들이 있었는데, 친구들과 놀기 좋아하는 보통의 아이들과는 달리 한스의 아들들은 싫은 기색 하나 없이 아버지의 일을 돕기 위해 힘을 보태곤 했다. 물론 도움이라고 해 봐야 나이가 어린 만큼 칼이나 그릇 등을 가져다주는 잔심부름이 전부였다.

　한스는 그런 두 아들이 늘 고마우면서도 기특했다.

　그 날도 한스의 두 아들은 아버지가 돼지 잡는 일에 동참했다. 도축할 돼지가 정육점에 도착하자 한스는 가장 먼저 네 다리를 단단히 묶었다. 그리고 돼지를 거꾸로 매단 뒤, 목에 칼날을 깊숙이 쑤셔 박아 동맥을 끊어 피를 빼냈다. 돼지 피는 소시지를 만드는 재료로 사용되기 때문에 커다란 통에 받아 두었다.

돼지 몸에서 피가 다 빠져나오면 매달아 두었던 돼지를 바닥으로 끌어내려 펄펄 끓는 물을 부어 빳빳한 털들을 제거했다. 그다음 배를 갈라 내장을 꺼냈다. 큼지막한 대야에 담긴 내장은 아내 몫이었다. 아내는 돼지 내장을 깔끔하게 손질해 소시지를 만들거나 오랜 시간 끓여 조리한 뒤 저녁 식탁에 올릴 터였다.

한스의 돼지 해체 작업이 본격적으로 시작되었다. 한스는 털이 모두 벗겨진 돼지를 반으로 갈랐다. 그러고는 부위별로 나눈 뒤, 이제 돼지고기가 된 각각의 덩어리들을 햄으로 만들 부분과 소시지로 만들 부분, 그리고 스튜 등의 용도로 사용할 부분으로 나누었다. 한스가 돼지고기를 분류하는 동안, 그의 아내는 고기와 함께 각종 양념을 섞어 다진 재료를 깨끗이 손질한 내장에 채워 넣어 소시지를 만들었다.

한스의 두 아들은 부모님을 도와 잔심부름을 하면서 이삼일에 한 번씩 살아 있는 돼지가 살코기로 변하거나 햄과 소시지 등으로 가공되는 과정을 지켜보곤 했다. 두 아이에게는 그런 일들이 일상이었다.

돼지를 도축한 다음 날, 한스와 아내는 고기를 비롯한 햄과 소시지 등을 팔기 위해 시장으로 나갔다. 막내는 태어난 지 얼마 되지 않은 젖먹이였기 때문에 아내 등에 업혀 있었다.

부모님이 집을 나서자 남겨진 두 아들은 소꿉놀이를 하기 시작했다. 하지만 이제 겨우 코흘리개를 벗어난 어린아이들인지라 소꿉놀이 또한 금세 시들해져 집안 이곳저곳을 들쑤시고 다녔다. 그러다가 아버지의 돼지 도축 작업장으로 들어갔다.

다른 집 아이들은 비릿한 피비린내가 진동하는 도축장에는 얼씬도 하지 않았다. 하지만 돼지 도축이 일상과도 같았던 한스의 두 아들은 아버지가 사용하는 갖가지 위험한 도구들을 만지면서 장난을 치기까지 했다.

그러던 중에 첫째가 색다른 놀이를 제안했다.

"지금부터 우리, 아빠 놀이해 볼래? 재미있을 거 같지 않니?"

둘째가 기다렸다는 듯 고개를 끄덕였다.

"좋아, 형!"

"그럼 내가 아빠 할 테니, 너는 돼지 하는 거야."

"알았어. 근데 이따가 역할 바꾸기를 하는 거지?"

"그럼, 당연하지."

두 아이의 아빠 놀이는 그렇게 시작되었다.

아빠 역할을 맡게 된 첫째가 돼지 다리를 묶는 밧줄을 들고 왔다. 병원 놀이를 할 때 의사나 환자 역할을 최대한 실감 나게 하면 더욱 재미있다는 사실을 알고 있는 두 아이는, 아버지가 돼지 도축하는 과정을 그대로 흉내 낼 모양이었다.

밧줄로 동생의 손발을 묶으려던 첫째가 핀잔하듯 말했다.

"너, 옷 입은 돼지 본 적 있니?"

그러자 둘째가 머리를 긁적이며 대답했다.

"아차! 내가 그 생각을 못했네. 지금 벗을게."

잠시 후, 첫째가 옷을 홀라당 벗어 알몸이 된 동생을 묶기 시작했다. 하지만 예상했던 것보다 쉽지는 않았는지, 여러 차례에 걸쳐 묶었다 풀기를 반복했다.

"형, 그렇게 묶는 거 아닌 것 같은데?"

"그러면 밧줄을 반대 방향으로 감아 볼까?"

"하여튼 아프지 않게 해봐. 아까는 무지 아팠다고!"

"그래, 알았어."

한참 동안 실랑이를 벌인 끝에 성공적으로 동생의 팔다리를 묶은 첫째는, 도르래에 밧줄을 걸어 끌어올리기 시작했다. 하지만 이번에는 머리가 아래쪽으로 향하지 않아 또다시 여러 차례 아웅다웅했다. 두 아이는 그런 상황이 무척 재미있는지, 토닥거리다가도 금세 깔깔거렸다.

한스가 돼지를 매단 것처럼, 동생을 가까스로 공중에 띄워 올린 첫째가 돼지 피 받는 통을 둘째의 머리맡에 들이댔다. 그러고 나서 돼지 피를 빼기 위해 동맥을 자르는 예리한 칼을 찾아들더니 동생을 향해 걸음을 옮겼다.

"형? 그 칼로 뭐 하려고 그래?"

허공에 매달린 채 불안해진 둘째가 물었다. 하지만 첫째는 아무 걱정 하지 말라는 듯 웃으면서 대답했다.

"놀랄 거 없어. 어차피 아빠 놀이 하는 거잖니!?"

곧이어 첫째는 동생의 목에 칼을 들이댔다. 칼날이 목을 뚫고 들어오자 둘째가 몸부림을 치며 비명을 질러댔고, 제발 멈추라며 눈물로 애원했다. 하지만 첫째는 눈썹 하나 까딱하지 않고 아버지가 하던 순서에 따라 차분하게 작업을 진행해 나갔다.

시간이 지나 피가 더는 나오지 않자, 도르래를 풀어 둘째를 내렸다. 목숨이 끊어져 움직이지 않는 사람을 옮기기란 예상보다 힘이 많이 들었다. 끙끙대며 동생을 작업대에 눕힌 첫째는 펄펄 끓는 물을 둘째의 얼굴에 부었다. 그러고 나서 눈썹과 머리털을 모두 뽑아내고 배를 갈라 내장을 꺼냈다.

익숙하지 않은 탓에 배를 가르는 도중 내장이 터졌는지 역겨운 냄새가 진동했다. 하지만 손질을 잘하면 괜찮아질 거라 생각한 첫째는 일단 내장을 따로 보관해 두었다.

이제 내장을 제거한 몸체를 깨끗한 물로 헹궈 낸 후 동생을 토막 낼 차례였다. 칼을 쥐는 힘이 약해서인지 쉽게 잘리지 않았다. 하지만 첫째는 포기하지 않았다. 아버지는 단 한 번도 돼지 해체 작업을 중간에 멈춘 적이 없었기 때문이었다.

한스의 아내가 소시지와 햄을 더 가져가 팔기 위해 집에 돌아온 것은 그즈음이었다. 훈연 창고에서 소시지와 햄을 꺼내

바구니에 담던 그녀는 남편의 작업실에서 들려오는 달그락거리는 소리를 들었다.

발걸음을 옮겨 작업실로 가 보았다. 첫째가 등을 보인 채 고기를 손질하고 있었다. 첫째의 어깨너머로 머리카락 한 올 보이지 않는 사람의 머리통이 보였다. 기겁한 그녀가 떨리는 목소리로 물었다.

"지, 지금 뭐……, 뭐하는 거니?"

어머니의 목소리에 고개를 돌린 첫째가 환하게 웃으며 대답했다.

"둘째랑 아빠 놀이하고 있어요. 제가 아빠고 둘째가 돼지 역할이에요. 해체 작업이 예상했던 것보다 훨씬 힘들지만 이제 얼마 남지 않았어요."

더는 물어볼 것도 없었다. 털이 모두 제거되어 알아보지 못했지만 조금 전에 보았던 그 머리통의 주인은 둘째였다. 한스의 아내는 얼굴 가득 미소를 머금고 있는 첫째를 보며 극한의 공포를 경험했다. 사람이 아니었다. 사람이라면 절대 그럴 수 없었다.

열 달 동안 뱃속에 품고 있다가 낳아 키운 지 십 년이 되어 가고 있었다. 첫 아이였던 까닭에 유난스럽게 애지중지했고, 눈에 넣어도 아프지 않을 만큼 사랑스러운 아이였다. 하지만 그 아이는 지금 악마로 변해 있었다. 자신이 배 아파 낳은 그 아이가 절대 아니었다.

그런 마음을 아는지 모르는지, 등을 돌린 첫째는 다시 하던 일에 집중하기 시작했다. 바로 그 순간, 돼지 먹을 딸 때 사용하는 칼이 그녀의 시야에 들어왔다. 분명히 그 칼을 둘째의 목에 찔러 넣어 목숨을 빼앗았을 터였다.

한스의 아내는 칼을 집어 들었다. 그리고 해체 작업에 집중하고 있는 첫째의 등 뒤로 다가섰다. 고개를 숙인 채 살을 발라내고 있는 첫째의 목덜미가 보였다. 그녀가 쥐고 있던 칼이 허공을 갈랐다. 곧이어 날카로운 칼끝이 첫째의 뒷목 깊숙이 박혔다. 무방비 상태에서 일격을 당한 아이가 쓰러져 사지를 바들바들 떨기 시작했다.

한스의 아내는 첫째의 경련이 완전히 멈출 때까지 찌르고, 찌르고, 또 찔렀다. 온몸을 이용한 과격한 움직임 때문에 등 뒤에 업혀 있던 막내가 바닥으로 떨어졌다. 거꾸로 떨어져 돌바닥에 머리를 정통으로 들이받은 막내의 몸이 '힉!' 소리와 함께 힘없이 늘어졌다.

막내의 죽음을 확인한 그녀는 손에 들고 있던 칼을 미친 듯이 휘두르며 절규했다. 무엇이 어디서부터 어떻게 잘못된 것인지 짐작조차 할 수 없었다. 지은 죄가 있다면 젊은 시절 한스를 만나 결혼을 했고, 세 아이를 반듯하게 키워 내겠다는 욕심에 열심히 일한 죄밖에 없었다. 하지만 그녀에게는 이제 아이가 없었다. 어찌 된 셈인지 상황조차 파악하지 못한 상태에서 순식간에 세 아이를 잃고 말았다.

　햄과 소시지를 가지러 간 아내가 돌아오지 않아 더는 팔 물건이 없어진 한스가 짐을 정리해 집으로 돌아왔다. 평소 하던 습관대로 마당에 수레를 두고, 귀염둥이 막내 이름을 외치며 집 안으로 들어간 한스의 몸이 용수철처럼 튕겨 나왔다.

　집 안으로 들어선 한스를 반기는 것은 막내의 재롱이 아닌, 천장에 밧줄을 걸어 목을 매단 아내의 처참한 모습이었다. 게다가 아내의 등에 업혀 있어야 할 막내는 바닥에 아무렇게나 널브러져 있었다. 한스는 눈앞에 벌어진 끔찍한 현실이 믿어지지 않았다.

　가까스로 정신을 추스른 한스는 첫째와 둘째의 모습이 보이지 않는다는 사실을 인식했다. 땅바닥을 걷어차듯 벌떡 일어나 작업실로 뛰어 들어간 한스는 벌어진 입을 다물지 못한 채 또다시 풀썩 주저앉고 말았다. 온몸이 칼에 찔려 죽은 첫째와 돼지를 해체하듯 여러 토막으로 잘린 둘째를 발견했다.

　한참 만에 몸을 일으킨 한스는 돼지 묶는 밧줄을 들고, 아내가 있는 곳으로 비틀거리는 발걸음을 옮겼다. 그리고 아내 옆에서 목을 맸다. 목숨이 끊어지는 순간 한스가 어떤 생각을 했는지 알 수는 없지만, 그의 오른손은 아내의 왼손을 꼬옥 쥐고 있었다.

한스네 일가족 사망 사건은 소시지를 사러 온 손님에 의해 발견되었다. 생존자나 목격자가 없어 정확한 상황을 파악하기는 어려웠지만, 마을 원로들과 교회 목사는 생활고를 비관한 자살이라는 결론을 내렸다. 그래서 자살자를 처리하는 마을 전통에 따라 뒷동산 너머 황량한 야산에 시체를 버리는 것으로 마무리 지었다.

한스네 가족의 집단 자살은 워낙 괴기스러운 사건이었던 터라 사람들은 제각각 나름대로 상상력을 발휘해 여러 가지 가능성과 억측이 더해진 이야기로 확대 재생산했다. 그러자 교회에서는 그 사건에 대한 마을 사람들 간의 대화를 금지하는 한편, 목사는 설교할 때마다 자살이 얼마나 큰 죄악인지에 대해 거듭 강조하고는 했다.

하지만 그 사건에 대한 사람들의 속닥거림은 여전히 계속되었다. 아이들끼리 주고받는 은밀한 소문 역시 마찬가지였다. 한스네 두 아들이 부모가 없는 동안 도살 놀이를 했고, 그 모습에 충격을 받은 부부가 자살하게 되었다는 내용이었다.

그런데 어른들과는 달리 아이들은 사건 자체의 진실보다는 도살 놀이에 관심을 보였다. 아이들에게 새로운 놀이는 늘 흥미로울 수밖에 없기 때문이었다.

동산에 모인 아이들은 그 날도 도살 놀이에 대해 서로 다른 이야기를 하며 목청을 높였다. 교회에서 금지령을 내린 이후 쉬쉬하며 어른들한테 들었던 이야기가 제각각이었던 터라, 아이들이 하는 이야기 또한 천차만별이었다.

아이들은 그중 한 아이의 주도 아래 여러 이야기를 종합하기로 했다. 그렇게 모아진 이야기를 통해 한스네 두 아들이 어떤 방법으로 도살 놀이를 했는지 재구성하자는 것이었다. 그리고 최종적으로는 그 놀이를 직접 경험해 보는 것이 목표였다.

물론 그와 같은 계획은 철저하게 비밀을 지키기로 했다. 어른들이 알게 되면 기겁을 하며 반대할 게 뻔했는데, 그동안의 경험으로 미루어 보았을 때 어른들의 반대가 심한 놀이일수록 느껴지는 재미는 훨씬 더 컸다. 아이들은 그렇게 새로운 놀이를 만들었고, 날짜와 장소를 정했다.

그로부터 며칠 후, 뒷동산보다 나무가 많아 훨씬 더 은밀한 숲속으로 아이들이 하나둘 모여들었다. 그리고 도착한 순서대로 부모 몰래 숨겨 가져온 준비물을 꺼내놓았다.

이제 제비뽑기를 할 차례였다.

아빠 역할을 맡게 되면 칼을 들어야 했고, 돼지를 뽑으면 나무에 매달리게 될 것이었다.

아이들의 도살 놀이 사건은 마을을 발칵 뒤집어 놓았다.

돼지 역할에 당첨되어 죽은 아이의 부모는 재판을 요청했고, 마을 공동회관에서 재판이 시작되었다. 하지만 마을 원로들은 어떤 아이를 처벌해야 하는지 판단이 서지 않았다. 게다가 그저 어른들이 속닥거리는 말에 따라 놀이를 한 것에 불과하다면 법적인 책임을 묻는 것 또한 애매한 일이었다.

그런 가운데 마을 원로 한 사람이 자기주장을 펼쳤다.

"나는 이 일을 주도한 아이만 재판에 회부해야 한다고 생각합니다. 나머지 애들은 그 아이의 선동에 넘어간 것뿐이기 때문입니다. 그리고 사건을 주도한 아이에게 처음부터 살인 의도가 있었는지 여부가 가장 중요합니다. 그 여부에 관한 판단은 우리가 미리 준비한 사과와 금화 중에서 아이가 무엇을 선택하는지에 따르기로 합시다. 만약 금화를 고른다면 그 아이에게는 이미 동심이 사라져 버렸다고 할 수 있습니다. 따라서 어른들 사회의 법에 따라 처벌하는 것이지요."

아무것도 결정하지 못해 우왕좌왕하고 있는 가운데 그 원로의 주장은 상당히 설득력 있는 이야기처럼 들렸다. 게다가 다른 뾰족한 대안이 있는 것도 아니어서 모두 고개를 끄덕이고 말았다. 아이들에 대한 재판은 그렇게 시작되었다.

도살 놀이를 종합해 실행에 옮기는 데 주도적 역할을 한 아이가 광장으로 끌려 나왔다. 이제 겨우 열 살 남짓한 아이는 불안함에 다리가 후들거려 똑바로 걷지도 못했다. 부모의 사소한 꾸지람도 무서워할 어린아이였다. 그런데 수많은 사람의 날카로운 눈초리도 그렇거니와, 자칫하면 감옥에 들어갈 수도 있다는 말을 들었으니 오금이 저릴 수밖에 없을 터였다.

아이가 연단 위로 올라서자 사과와 금화가 담긴 접시가 등장했다. 아이를 한 차례 힐끔 쳐다본 마을 원로가 아무런 감정도 섞이지 않은 건조한 목소리로 말했다.

"저 둘 중에서 마음에 드는 것을 골라라."

아이는 한 치의 망설임도 없이 사과를 덥석 집어 들었다. 그러자 연단에 앉은 마을 원로들이 머리를 맞대고 뭔가를 한참 동안 수군거리더니 판결을 내렸다.

"아이가 사과를 선택했습니다. 이 아이 마음속에 순수함이 살아 있다는 증거지요. 따라서 마을 원로회의에서는 이번 사건의 책임을 아이들에게 물을 수 없다는 결론을 내렸습니다. 이 아이는 무죄임을 선고합니다!"

아이들의 도살 놀이는 결국 피해자는 있으나 가해자가 없는 사건으로 종결되었다. 그 이후 마을은 조금씩 평소의 모습을 되찾아 가는 듯했다.

그로부터 얼마 지나지 않아 사과와 금화로 유무죄 판결을 유도한 마을 원로가 세상을 떠났다. 부검 담당 의사는 망자가 사과를 먹다 조각이 목에 걸려 질식사했다는 소견을 제출했다. 그런데 마을 사람들 사이에서는 그 사과의 출처가 도살 놀이를 주도한 아이의 과수원이라는 소문이 떠돌기 시작했다.

푸른 수염

어두컴컴한 방에서 작은 나이프의 은빛 표면이 유난히 반짝였다. 나이프를 든 남자는 전쟁으로 다져진 대리석 석상과 같은 육체를 갖고 있으면서도, 작은 몸놀림에는 체조선수처럼 날렵하고 우아한 자태가 깃들어 있었다.

방 안에 음악이 흐르지는 않았지만, 남자의 작은 움직임과 이따금 들려오는 미세한 목소리는 마치 연주회를 보는 듯한 착각을 불러일으켰다. 하지만 테이블 위에 사지를 묶인 채 누워 있는 여인에게 그의 몸짓과 목소리는 절대 아름답지 않았다. 오히려 지옥에서 튀어나온 죽음의 사신에게 듣는 마지막 장송곡인 것만 같았다.

"나는 당신을 죽이려는 게 아니라 다시 태어나게 해 주려는 거라오. 그러니 불안한 마음은 접어 두시고 한껏 기뻐하시오.

머잖아 당신은 다시 태어날 뿐만 아니라 위대했던 성녀의 일부가 될 것이오."

무슨 말을 하는 건지 선뜻 이해하기 어려운 내용이었지만, 남자는 중후하면서 부드러운 목소리로 속삭였다. 남자의 얼굴 맞은편 벽에는 검은 해골이 걸려 있었다. 해골에는 썩어 문드러져 가는 살점이 군데군데 붙어 있었고, 그 아래 방바닥에는 죽은 여성들의 시체가 즐비하게 늘어서 있었다.

남자는 묶여 있는 여인을 뚫어지게 바라보았다.

"당신의 눈은 그분의 눈을 빼다 박은 듯 닮았다오."

남자가 들고 있던 나이프가 벌새의 날갯짓만큼 빠른 속도로 움직였다. 그리고 숨을 한 번 내쉬는 사이에 여인의 오른쪽 눈이 깔끔하게 도려내져 있었다. 남자의 손놀림이 얼마나 섬세했는지 뽑혀 나온 눈알에서 작은 흠집 하나 발견할 수 없었다.

자신의 눈동자가 몸에서 분리되는 동안 여인은 그 어떤 비명도 지르지 않았다. 이미 성대가 잘려 나간 탓도 있었지만 온몸의 감각이 마비되어 고통을 느끼지 못하는 상태였기 때문이다.

하지만 여인은 아직 남아 있는 왼쪽 눈에 평생의 짝이었던 오른쪽 눈알이 보이자 진저리를 쳤다. 여인은 차라리 고통으로 기절하게 해 주기를 하느님께 간절히 빌었다. 그편이 끔찍한 현실을 견뎌 내기에 훨씬 더 수월할 것이었으므로……

남자는 갓 빼낸 여인의 눈알을 벽에 걸린 해골의 텅 빈 눈구

명에 채워 넣었다. 그러고 나서 해골 앞에 정중하게 무릎을 꿇었다. 악마를 단죄하는 악마보다 더 포악한 짓을 벌이는 자가 무엇을 갈구하는지 알 수는 없었지만, 그의 엄숙한 기도는 한참 동안 계속되었다.

프랑스 동부 브리트니 지방에 한 농부가 살고 있었다. 농부는 슬하에 군인 신분의 두 아들과 한창 피어나는 두 딸을 두고 있었다. 큰딸의 이름은 마리아였고 작은딸의 이름은 안나였는데, 그들 두 자매의 미모는 인근 지방까지 알려질 정도로 빼어났다.

하지만 그녀들을 유명인사로 만든 것은 정작 아름다운 외모가 아닌 지혜로움이었다. 특히 언니인 마리아는 명석한 두뇌로 마을 사람들 사이에 발생한 소소한 분쟁을 합리적으로 중재해 갈등의 싹을 없애 주었고, 원인이 밝혀지지 않은 사건의 진실을 파헤쳐 마을 사람들이 억울한 일을 당하지 않게 해서 많은 사람의 칭송을 받곤 했다.

그러던 어느 날이었다. 마리아의 지혜로움에 대한 소문을 들은 이웃 마을 구두 수선공이 찾아와 도움을 청했다. 마리아는 어찌할 바를 몰라 횡설수설하는 구두 수선공에게 차를 대접하며 흥분된 마음을 진정시켰다.

"아저씨, 서두르지 마시고 천천히 말씀하세요."

하지만 구두 수선공은 여전히 흥분 가득한 어조로 말했다.

"마리아, 내 딸을 찾아 주게. 자식 소중하지 않은 부모가 세상천지 어디에 있겠는가마는, 내게 내 딸아이는 생명보다 더 소중한 존재라네."

"그동안 따님한테 무슨 일이 있었는데요?"

"내 딸은 푸른 수염이라는 별명으로 유명한 대공에게 시집을 갔어. 석 달 전 즈음에 푸른 수염이 찾아와 내 딸에게 청혼했지. 대공은 부와 권세가 왕에 버금갈 만큼 엄청난 사람이라고 하더구먼. 그러니 나같이 아무것도 모르는 어리석은 사람으로서는 감히 우러러볼 수조차 없는 대공의 청혼에, 그저 송구하고 감격해하면서 흔쾌히 허락할 수밖에 없었다네."

"대공이라는 지위를 가졌다면 왕실의 공주 남편이라는 얘긴데, 아내가 있는 사람이 어떻게 따님한테 청혼했을까요?"

"나도 자세한 내막은 모르지만 결혼하고 나서 얼마 지나지 않아 공주가 세상을 떠나고 말았다는 소문을 들은 적이 있다네. 그러니까 대공은 홀아비였던 셈이지."

"아, 그렇군요. 그런데 시집간 딸을 왜 찾아 나선 건데요?"

"대공은 청혼을 받아들인 내 딸을 데리고 자신의 거처인 고성으로 떠났지. 그런데 그 이후 두 사람이 결혼식을 올렸다는 소문만 들었을 뿐, 딸아이한테는 그 어떤 연락도 오지 않았어."

구두 수선공의 목소리는 여전히 떨리고 있었다. 게다가 딸에 대한 기억을 떠올리며 혈압이 솟구쳐 올랐는지, 두 눈의 흰자 위에 실핏줄이 선명하게 드러나 보였다. 마리아는 구두 수선공을 안심시키기 위해 더욱 차분한 어조로 말했다.

"아저씨, 가난한 집 여인들이 부잣집으로 시집간 초기에는 새로우면서도 행복한 삶과 풍요로움에 취해 몇 달 동안은 옛적 일은 까맣게 잊는 경우가 많답니다. 따님 역시 대공의 뜨거운 사랑은 물론, 귀족들과 함께하는 화려한 파티에 흠뻑 젖어 고향을 잠시 잊고 있는 건 아닐까요?"

하지만 구두 수선공은 억지스럽게 보일 만큼 강하게 고개를 저었다.

"내 딸은 그런 아이가 아니라네. 아무리 행복에 취해 있다 한들, 이 아비한테 연락 한 번 안 할 사람이 아니란 말일세. 게다가 나도 무작정 소식을 기다리기만 한 게 아니라 편지를 여러 차례 보내기도 했고, 대공의 고성에도 찾아가 보았지. 하지만 딸을 만날 수는 없었다네."

마리아가 고개를 끄덕여 공감의 표현을 보였다.

"아저씨 말씀을 들으니 저도 고개가 갸웃거려지네요. 알겠습니다. 제가 최선의 노력을 다하도록 할게요. 그러니 너무 걱정하지 마시고 아저씨 건강부터 챙기세요. 바싹 마른 아저씨 얼굴을 보면 따님이 얼마나 속상해하겠어요?"

"마리아가 시키는 거라면 내 섶을 지고 불구덩이라도 뛰어들 각오를 하고 있네. 그러니 제발 내 딸아이를 찾아 주시게나."

얼마나 절박했는지 구두 수선공은 자신의 딸보다 한참 어린 마리아에게 거듭 허리를 조아리고 나서 되돌아갔다. 마리아는 외출했던 동생 안나가 돌아오자 구두 수선공의 이야기를 들려주며 의견을 물었다.

안나 역시 마리아 못지않게 명석한 데다 도시 귀족들의 모임이라고 할 수 있는 사교계의 움직임을 줄줄이 꿰고 있었다. 따라서 안나 친구들의 소식통을 두루 활용하면 구두 수선공의 걱정을 어렵지 않게 해소해 줄 수도 있겠다는 생각이 들었다.

하지만 그 어느 때보다 심각한 표정을 지은 안나는 대답 대신 '푸른 수염'이라 불리는 대공에 관한 이야기를 시작했다.

대공 '푸른 수염'은 나라를 위기에서 구한 전쟁 영웅이었다. 따라서 왕의 신임이 누구보다 두터웠고, 그와 같은 배경을 바탕으로 막강한 권력을 휘두를 수 있는 정계의 거물이 되었다.

하지만 그는 왕족과 귀족들로 가득한 도성에서의 귀족 생활을 달가워하지 않았다. 그런 이유로 한적한 지방에 있는 고성에 머물며 중앙의 귀족이나 정치와는 일정한 거리를 두고 여유롭게 사는 것으로 알려져 있었다.

또한 그는 보통 사람들이 상상할 수조차 없을 만큼 부자였는데, 그의 고성에는 금이나 은으로 제작된 식기, 마호가니 원목의 웅장한 가구, 황금빛 마차 등이 가득했다. 하지만 그 모든 것들은 전쟁에서 이기고 얻은 전리품이었을 뿐, 그의 생활은 검소하기로 유명했다.

한편 '푸른 수염'이라는 별명은 푸른빛이 감도는 그의 덥수룩한 수염에서 비롯되었다. 그 특별한 수염은 우람한 풍채와 군인이라는 신분에 어울리는 기괴한 두려움을 심어 주어 상대의 기선을 제압하는 최고의 무기가 되어 주었다.

아이들은 그의 모습만 보아도 자지러질 듯 울음을 터뜨렸고, 그와 마주친 여인들은 대부분 오금이 저려 말을 하지 못할 정도였다. 하지만 실제로 그를 만나 대화를 나누어 본 사람들은 하나같이 다정하고 예의 바르다는 칭찬을 아끼지 않았다.

그렇다고 푸른 수염에 대한 소문들이 모두 긍정적인 내용만을 담고 있는 것은 아니었다. 안나는 목소리를 살짝 낮추어 푸른 수염에 관한 이야기를 계속했다.

"푸른 수염은 지금까지 열 번이 넘는 결혼을 한 것으로 알려져 있어. 그의 고성에서 어림잡아 석 달에 한 번씩 결혼식이 거행되었다는 거야."

발끈한 마리아가 짜증 섞인 목소리로 물었다.

"귀족과 대공이라는 신분에 전쟁 영웅이라는 칭호를 앞세워 열 명이 넘는 아내를 거느리고 산다는 거니?"

하지만 안나는 고개를 가로저었다.

"그런데 정말로 이상한 일이지? 어찌 된 셈인지 지금까지 푸른 수염과 결혼한 것으로 알려진 여인들은 모두 다 소식이 끊겨 버렸다는 거야."

그 순간 마리아는 구두 수선공의 말을 떠올랐다. 그 역시 딸을 만나기 위해 여러 차례 편지를 보냈고, 급기야는 고성까지 찾아가 보았지만 끝내 만날 수 없었다고 했다.

"그게 사실이라면 나라에서 정식으로 조사를 해 봐야 하는 거 아냐?"

안나가 마른침을 꼴깍 삼키더니 대답했다.

"지금 이 나라에서 푸른 수염을 건드릴 수 있는 사람이 얼마나 되겠어? 그리고 실종 사건이라 가정을 하더라도 그 대상은 모두 신분이 지극히 낮은 시골 출신의 여자들이잖아. 그러니 누가 신경이나 쓰겠냐고! 게다가 사라진 여자들의 가족들 또한 겁을 잔뜩 집어먹고는 푸른 수염을 고발할 엄두조차 내지 못하고 있으니, 그저 소문만 무성하게 된 거야."

안나의 이야기를 들은 마리아는 구두 수선공의 말처럼, 그의 딸이 스스로 연락을 끊은 것이 아닐 수도 있겠다는 생각을 처음으로 하게 되었다. 마리아는 구두 수선공의 딸을 직접 찾아 나서기로 하고 곧바로 실행에 옮겼다.

그녀는 고성으로 가는 길목에 있는 마을 사람들, 고성 주변에 있는 마을 사람들, 푸른 수염과 결혼한 여자들의 가족 등 만날 수 있는 사람들은 전부 다 만나서 푸른 수염에 관한 이야기를 들었다.

푸른 수염과 결혼했다는 여자의 가족 중에서는 딸의 소식에 전혀 관심을 보이지 않는 사람이 있는가 하면, 구두 수선공처럼 혈안이 되어 딸의 소식을 수소문하고 있는 부모도 있었다. 그리고 가족 전체가 하루아침에 마을에서 바람처럼 사라져 버린 집도 셋이나 되었다.

하지만 마리아는 자신이 실마리에 다가서지 못하고 있는 듯한 느낌을 받고 있었다. 어찌 된 셈인지 모든 단서가 조각조각 갈라져 서로 연결이 되지 않았다. 그러다 보니 앞으로 나아갈 수가 없었다. 푸른 수염의 엄청난 영향력이 사건과 관련된 모든 것을 지배하고 있다는 생각이 들었다.

결국 마리아는 푸른 수염을 직접 만날 수밖에 없다는 판단을 내렸다. 그래서 안나에게 도움을 요청했다. 안나는 곧 도성의 한 귀부인과 접촉해 마리아를 돕기 위한 구체적인 작전에 들어갔다.

모처럼 도성을 방문한 푸른 수염은 동료 귀족들의 거듭된 권유에 하는 수 없이 사교 모임에 참석하게 되었다. 푸른 수염은 그 모임에서 다소 수다스러운 부인을 만났다. 그 부인의 수다는 주로 자신의 두 딸에 관한 것이었는데, 모두 불과 몇 분을 버티지 못하고 다른 자리로 피해 버렸다.

하지만 푸른 수염은 입가에 미소까지 지어 보이며 부인의 자랑을 끝까지 들어 주었다. 그 부인은 차림새로 보아 신분이 아주 높은 귀족인 것 같지 않았을 뿐만 아니라, 말투에 지방 사투리의 억양이 고스란히 스며 있었다. 그런 걸 보면 지방 소도시 출신 부호의 아내이거나 미망인일 가능성이 컸다.

푸른 수염이 그런 부인을 냉대하지 않는 이유는 오직 하나, 틈만 나면 반복되는 자신의 두 딸에 대한 자랑 섞인 이야기 때문이었다. 푸른 수염은 인내심을 발휘해 그녀의 수다를 들어 주며 호감을 느끼게 한 후, 사교 모임이 끝나 갈 무렵 두 딸 중 한 명과 결혼하고 싶다는 의사를 전달했다. 물론 두 딸 중에서 누구를 선택할지는 부인의 결정에 전적으로 따르겠다며 몸을 낮추기까지 했다.

부인은 화들짝 놀라는 표정을 지으며, 대공 푸른 수염의 관심에 감사를 표했다. 하지만 결혼을 한다는 것은 당사자의 미래를 담보로 하는 매우 중요한 일이니만큼 딸들의 의견을 충분히 들어 본 뒤 회신을 보내 주기로 약속했다.

그로부터 십여 일이 지난 어느 날, 푸른 수염은 부인의 편지를 받았다. 그런데 유감스럽게도 두 딸이 무시무시하다는 푸른 수염의 외모 때문에 고개를 절레절레 흔든다는 것이었다. 게다가 편지에는 세간에 떠도는 푸른 수염에 대한 소문, 그러니까 이미 열 명이 훌쩍 넘는 많은 아내를 두고 있다는 가십거리를 딸들이 철석같이 믿고 있는 듯하다는 추신까지 친절하게 추가 되어 있었다.

잠시 고민에 빠진 푸른 수염은 부인의 두 딸을 직접 만나 보 기로 마음먹었다. 집사를 불러 날짜와 기간을 일러 준 뒤 간소 하면서도 품위가 손상되지 않을 만한 소규모 파티를 준비하라 고 명령했다.

푸른 수염은 자신과 가깝게 지내는 몇몇 친구들을 비롯해 고 성 주변 마을에서 비교적 유명한 지역 상류층 인사들과, 부인 의 두 딸을 자신의 본거지인 고성으로 초대했다. 물론 그녀들 과 비슷한 또래의 처녀와 총각들을 초대하는 섬세함 역시 빠지 지 않았다.

푸른 수염은 30여 명의 손님과 함께 일주일 동안 계속될 파 티를 자신의 계획대로 이끌어 나갔다. 사실 그 파티는 대부호 인 푸른 수염 입장에서만 간소하게 준비되었을 뿐이지, 파티에 초대된 손님들이 보기에는 입을 다물지 못할 만큼 성대했다. 더구나 참석자 대부분이 파티를 난생처음 경험하는 사람들이 었다.

파티가 시작되자 사람들은 제각각 다른 참석자들의 눈치를 살피며 고성에 전시된 여러 예술품을 감상하는 등 내숭을 떠느라 여념이 없었다. 집사의 지휘 아래 복장까지 맞춰 입은 십여 명의 하인들이 최고급 음식과 와인으로 시중을 들자 파티 분위기는 사뭇 달라졌다.

처음에는 은은하게 울려 퍼지는 음악에 맞추어 고개를 까닥이거나 보일 듯 말 듯 어깨를 들썩이는 정도였다. 하지만 시간이 흐르면서 어색함이 줄어들자 한데 어우러져 춤을 추기 시작했다. 특히 푸른 수염이 상품으로 내건 황금 술잔을 놓고 다섯 조가 경쟁을 벌인 사냥대회가 끝나자, 참석자들 사이의 서먹함은 아예 찾아볼 수조차 없게 되었다.

그렇게 사흘째에 접어들자 사람들은 술과 음악과 분위기에 흠뻑 젖어 고성 밖 세상을 까맣게 잊어버렸다. 흡사 마약에 취해 환상 여행을 하는 것처럼 한 사람 한 사람이 에덴동산의 아담과 이브가 되어 꿈속에서 그렸던 자유로움을 만끽했다.

고성 곳곳에서 들려오던 은밀한 속삭임과 교태 가득한 웃음소리는 머잖아 타인의 시선에 아랑곳하지 않는 애무와 키스로 발전했고, 급기야는 공개된 장소에서 질펀한 섹스를 나누기까지 했다. 너나 할 것 없이 그 순간만은 스스로가 아담이나 이브였으므로 거칠 것이 없었다.

하지만 그런 가운데서도 정신 줄을 놓지 않은 두 사람이 있었다. 그 주인공은 바로 친분이 있는 귀부인에게 연락해 푸른 수염이 파티를 열게 한 마리아와 안나 자매였다. 특히 구두 수선공의 부탁을 받은 마리아는 그동안 술에 잔뜩 취한 척 비틀거리며 자리를 피한 뒤, 고성을 샅샅이 살펴보기까지 했다.

하지만 마리아는 그 어떤 단서도 찾을 수 없었다. 마리아는 열 명이 넘는 부인들의 흔적이 전혀 보이지 않는 사실에 가장 큰 의구심을 가졌다. 아무런 흔적이 없다는 건 애당초 아무 일도 없었다는 방증일 수도 있었다. 마리아의 머릿속은 더욱 혼란스러워졌다.

게다가 파티가 나흘째 접어든 날부터는 안나마저 푸른 수염에 대해 그 전에 갖고 있던 생각에 변화를 보이기 시작했다.

"여전히 아무런 단서도 발견하지 못한 거야?"

안나의 물음에 마리아가 힘없이 고개를 끄덕였다.

"응."

그러자 안나가 자신의 느낌을 털어놓았다.

"언니, 혹시 우리가 잘못 넘겨짚은 거 아닐까? 나는 이곳에서 며칠을 보내면서 푸른 수염에 대한 부정적인 소문은 말 그대로 뜬소문일 수도 있겠다는 생각을 하게 되었어. 언니도 집중해서 관찰했겠지만, 내 눈으로 확인한 푸른 수염은 나무랄 데 없는 신사였거든. 게다가 나는 그의 수염 색깔이 깊은 바닷물 색처럼 아주 진한 파란색일 줄 알았는데, 푸른빛이 살짝 감도는 정도에 불과하던걸 뭐!"

"지금까지 확인한 것만으로는 네 말이 맞는 거 같아."

"그러니까 더욱 깊이 파고들어 보겠다고?"

"구두 수선공 아저씨의 눈물 가득한 눈동자가 자꾸만 어른거려서……."

"하긴! 쉽게 포기하면 내 언니가 아니지."

"……!"

그날 이후 마리아는 푸른 수염과의 대화에 더 적극적인 모습을 보였다. 그러다 보니 함께하는 시간이 자연스럽게 많아졌고, 급기야는 참석자 중 유일하게 그의 서재까지 안내를 받아 이것저것 꼼꼼하게 살펴볼 수 있었다.

푸른 수염의 고성은 전체적으로 예스러운 분위기가 물씬 풍겨 언뜻 지루한 느낌을 주기도 했지만, 세심하게 하나씩 뜯어보면 사소한 집기나 작은 소품 하나까지도 보물에 견줄 만큼 값진 물건들이었다. 하지만 소문으로 널리 알려진 것처럼 그의 개인적인 공간은 대단히 수수했다.

마치 할아버지의 할아버지가 젊은 시절부터 사용했던 것처럼 보이는 낡은 책상이 그랬고, 고드름처럼 흘러내린 촛농이 오히려 멋스럽게 보이는 청동 촛대가 그랬다. 마리아는 푸른 수염의 서재에서도 역시 특별한 단서를 찾아내지 못했다. 다만 책상 맞은편 벽에 걸려 있는 장군 차림의 여자 그림이 유난히 마리아의 시선을 사로잡았다. 그리고 또 하나, 책상에 걸터앉은 그가 몸을 움직일 때마다 풍경소리처럼 은은하게 짤랑거리는 서랍 속 열쇠꾸러미 소리도…….

"내 고성을 한 바퀴 둘러본 소감이 어떻소?"

입가에 잔잔한 미소를 머금은 푸른 수염이 물었다.

"세상을 떠도는 소문이라는 것이 본질을 어느 정도까지 왜곡하거나 과장할 수 있을까 하는 생각을 하게 되었어요."

마리아가 감정을 배제한 지극히 건조한 말투로 대답했다.

"어떤 부분에서 그런 생각을 하게 되었소?"

푸른 수염은 마리아의 대답이 칭찬인지 비난인지 가늠할 수가 없다는 듯, 알쏭달쏭한 표정을 지으며 되물었다.

"전쟁 영웅이자 대공인 당신은 이 나라 최고의 군인답게 언제나 목석같은 자세를 유지할 뿐만 아니라, 무시무시한 푸른 수염을 앞세워 상대가 누구든 단번에 오금을 저리게 하는 카리스마를 뿜어내고 있다고 알려져 있어요. 그런데 제가 지켜본 당신은 딱딱함 대신 농담을 좋아하고, 상대방을 주눅 들게 하긴커녕 파티를 열어 향락을 즐기며, 수염 색깔 역시 사람들이 상상하는 것처럼 아주 진한 파란색도 아니에요."

마리아의 대답에 푸른 수염은 너털웃음을 터뜨린 뒤 덧붙였다.

"나와 관련된 여러 뜬소문은 익히 알고 있어요. 하지만 시간이 흐르면서 익숙해진 탓인지, 언젠가부터 푸른 수염이라는 별명으로 불리는 것마저 은근히 즐기는 입장이 되어 버렸답니다."

마리아가 이해한다는 듯 고개를 끄덕이며 말했다.

"사람들의 입방아에 대단히 관대하시군요. 그런데……."

"어떤 내용이든 상관없으니 기탄없이 말씀하세요."

"그렇다면 편하게 여쭐게요. 당신과 결혼식을 올렸다는 여러 부인에게도 그처럼 관대하셨는지 궁금하네요."

개인의 사생활을 지적하는 마리아의 거침없는 질문에 푸른 수염의 눈꼬리가 살짝 흔들렸다. 하지만 금세 본래의 모습으로 돌아온 푸른 수염이 예의 변함없는 낮은 톤으로 대답했다.

"결혼과 관련된 무성한 소문 역시 알고 있다오."

"아직껏 해명하지 않은 걸로 알고 있는데요."

"그렇소. 하지만 나는 해명할 필요성을 느끼지 못하고 있소."

"왜 그렇죠?"

"나는 지금까지 내가 여러 여인과 결혼한 사실을 부정한 적이 없소. 또한 거듭된 결혼에도 불구하고 아직 제대로 된 가정을 꾸리지 못한 나 자신의 과오를 스스로 인정하고 있소. 결혼과 관련해 세상에 떠도는 여러 풍문은 내가 죽을 때까지 감수하며 끌어안고 가야 할 나의 과오일 뿐이오."

마리아는 실례를 넘어 무례하게 느껴질 수도 있는 질문을 연이어 던졌다.

"결혼 파탄에 대한 책임이 모두 당신에게 있다는 얘긴가요?"

하지만 푸른 수염은 기다렸다는 듯이 대답했다.

"내게 해명, 아니지 변명할 기회를 주어 고맙소."

"별말씀을요……."

"시골의 순박한 처녀들이었던 그녀들은 대부분 화려한 내 명성과 부족함 없는 이곳 고성에서의 생활에 신기루 같은 환상을 갖고 있었어요. 하지만 결혼은 엄연한 현실이기에 그 환상이 깨지기까지 걸린 시간은 그다지 길지 않았지요. 내 지난날들을 돌이켜 반성해 보았는데, 일상에서 주고받는 말이 끊긴 적은 없지만, 서로가 공감할 수 있는 대화가 없었던 것이 가장 큰 원인이었을 것이라는 결론을 얻었다오. 그리고 또 하나, 마땅히 할 일을 찾지 못했던 것도 상당히 큰 영향을 끼쳤을 거요. 이곳에 오기 직전까지만 해도 종일토록 이런저런 일에 매달려 살던 사람들이었는데, 하루아침에 그런 일거리들이 없어져 버렸으니……. 결국 외로움이라는 괴물과 할 일 없음이라는 일상이 그녀들을 질리게 한 셈이지요."

마리아가 또다시 고개를 끄덕이며 말했다.

"당신의 논리는 이 고성의 주춧돌만큼이나 견고하군요. 혹시 그 여인들 모두가 빈틈이라고는 도무지 찾아볼 수 없는 남편의 논리적인 말솜씨에 진절머리가 났던 것은 아닐까요?"

푸른 수염이 어린아이 같은 해맑은 미소를 얼굴 가득 머금으며 대답했다.

"드디어 기다리던 농담을 듣게 되는군요."

"농담을 기다렸다고요?"

"그대를 처음 만난 순간, 나는 바로 느낄 수 있었소. 특별한 사람이라는 사실을 말이오. 시골 출신 처녀이지만 고결한 귀족의 품위를 갖추었고, 그 맑은 눈동자는 순수하고 숭고한 의지로 가득 차 있었소. 그 두 가지는 내가 오랜 세월 찾아 헤맸던 여인의 필요조건이었다오. 그리고 마지막 남은 한 가지, 나는 아직껏 내 앞에서 농담을 건네는 여인을 단 한 번도 만난 적이 없었소. 그래서 나는 오래전부터 만에 하나 그런 상대를 만나면 주저 없이 무릎을 꿇겠다고 다짐했지요."

화들짝 놀란 마리아의 눈동자가 동그랗게 커졌다.

"이 나라 최고의 영웅이 여인 앞에 무릎을 꿇는다고요?"

푸른 수염은 자신이 뱉은 말을 증명이라도 하려는 듯, 마리아 앞에 무릎을 털썩 꿇었다. 그리고 나서 정중하면서도 따뜻함이 깃든 목소리로 말했다.

"나는 당신이 내 평생의 반려자가 되어 주기를 희망합니다. 그러니 부디 내 청혼을 받아 주시오."

예기치 않은 상황에 마리아는 당황하지 않을 수 없었다.

맨 처음에는 구두 수선공의 딸을 수소문하기 위해 시작한 일이었다. 그런데 날이 갈수록 여러 의혹이 쌓이고 또 쌓였다. 그러다 이곳 고성에 오게 되었고, 아무도 몰래 푸른 수염의 뒤를 캐기 시작했다.

하지만 여자들과 관련된 증거는커녕 흔적조차 찾을 수 없었다. 그런 과정을 거치면서 마리아는 자신도 모르는 사이에 푸른 수염에게 빠져들고 있었다. 그래서 소문이 정말로 뜬소문에 불과하기를 마음속으로 빌기 시작했다. 마음이 그런 혼란에 휩싸인 상태에서 청혼을 받은 것이다.

잠시 두 눈을 지그시 감은 채 마구 풀어놓은 실타래처럼 뒤엉킨 생각을 정리한 마리아는 과감한 결단을 내렸다.

"당신의 마음을 기꺼이 받아들이겠습니다!"

마리아의 명료한 대답에 푸른 수염의 눈동자가 반짝 빛났다.

두 사람의 결혼은 그렇게 결정되었다.

집으로 돌아온 마리아는 부모님에게 푸른 수염과의 결혼을 허락받았다. 그리고 푸른 수염이 보내 준 여러 대의 마차에 친척과 이웃들까지 나누어 태워 고성으로 향했다. 사람들은 평생을 통틀어 처음 본 가장 화려한 결혼식이라며 마리아를 부러워했다.

결혼 이후 마리아는 푸른 수염의 고성에서 꿈결처럼 감미롭고 꿀처럼 달콤한 신혼 생활을 한껏 즐겼다. 푸른 수염은 대단히 거칠어 보이는 겉모습과는 달리, 여자 쪽에서 주도하는 섹스를 선호했다. 자신의 아랫도리 위에 가랑이를 벌린 채 걸터

앉아 숨이 끊어질 듯 신음을 토해내는 마리아의 자궁목 바로 앞 질벽에 마지막 한 방울의 정액까지 끌어 모아 폭발한 분수처럼 쏘아 넣어 주곤 했다.

그렇다고 마리아가 종일토록 신혼 생활에 빠져 육체적인 쾌락만 탐닉한 것은 아니었다. 푸른 수염이 사냥이나 낚시 등을 이유로 자리를 비울 때마다 고성 곳곳을 돌아다니며 단서 찾기에 열중했다.

하지만 그 단서라는 것들은 대부분 과거 여러 여인이 잠시 잠깐 머물렀던 흔적에 지나지 않았다. 그녀들의 행방은 여전히 오리무중이었다.

그렇게 한 달 남짓이 지난 어느 날, 왕의 부름을 받은 푸른 수염이 보름 동안의 여정을 예상하며 도성으로 떠났다. 푸른 수염은 고성을 나서기 직전에 마리아에게 커다란 열쇠꾸러미를 건네주며, 자신이 없는 동안에 고성을 잘 부탁한다고 당부했다.

마리아는 고개를 저으며 말했다.

"이곳에 온 지 이제 겨우 한 달밖에 지나지 않은 제가 뭘 알겠어요. 저는 아직 익숙하지 않으니 그동안 늘 해 왔던 것처럼 집사에게 맡기세요."

하지만 푸른 수염은 단호했다.

"예전에는 당신이 없었기 때문에 어쩔 수 없이 집사에게 부탁했소. 하지만 이제 이 고성의 영원한 안주인인 당신이 있잖소. 그러니 이 열쇠는 반드시 당신이 갖고 있어야 하오."

마리아는 더는 거절할 수가 없었다. 그래서 한 손으로는 들기조차 쉽지 않은 열쇠꾸러미를 받아들었다. 고성에는 연회장이나 응접실 등 열린 공간을 제외한 방이 99개라고 했다. 따라서 열쇠 또한 99개일 것이었다.

"알았어요. 걱정하는 일 생기지 않도록 잘 관리할게요."

"이 열쇠꾸러미만 있으면 모든 방을 열 수 있소. 국보급 예술품이 보관된 방에서부터 승전 기념으로 챙겨 놓은 자잘한 무기들이 쌓인 방에 이르기까지 아흔여덟 개의 방을 모두 다 열어 구경할 수 있다는 뜻이오."

마리아가 고개를 갸웃하며 물었다.

"이 고성에는 아흔아홉 개의 방이 있다고 하지 않았던가요?"

마리아의 질문에 푸른 수염은 잠시 멈칫하는 듯싶더니 이내 입을 열었다.

"그렇소. 이 열쇠들로는 열리지 않는 방이 하나 있소. 만약 당신이 이곳저곳을 돌아다니다 그 방을 찾게 된다면, 고민하지 말고 돌아서시오. 그 방을 열 수 있는 사람은 오직 한 사람, 나뿐이오. 내가 이렇게 강조를 했는데도 당신이 그 방문을 열게 된다면……, 그 이후의 일은 나도 책임질 수가 없소."

푸른 수염은 금지된 방에 대한 말을 하면서 안색이 갑자기

창백해졌다. 게다가 눈빛이 날카롭게 변하면서 살기가 뿜어져 나오는 듯했다. 하지만 마리아는 그 방에 아무런 관심도 없는 척 딴청을 피웠다.

"지난번 파티 때 볼 만한 건 다 봤잖아요. 도성에 도착한 당신이 국왕 전하 앞에서 쩔쩔매고 있을 동안 저는 지난 한 달 동안 미루어 두었던 책 읽기에 열중할래요. 당신이 돌아오면 또 침실에 암막 커튼 쳐놓고 밤낮으로 함께 놀아 달라고 졸라댈 게 분명하니까……."

마리아가 무슨 말을 하고 있는지 알아들은 푸른 수염이 눈을 찡긋해 보이며 작별 키스를 했다. 그리고 마차에 올라 고성을 나섰다. 그와 동시에 마리아는 고향으로 사람을 보내 동생 안나를 데려오게 했다.

고성에 도착한 안나는 인사하는 대신 인상부터 찌푸렸다. 결혼까지 한 마당에 아직껏 의구심을 털어 내지 못하고 있는 마리아를 도무지 이해할 수 없다는 듯한 표정이었다.

"아직도 푸른 수염을 의심하고 있는 거야?"

하지만 마리아는 대뜸 열쇠꾸러미를 꺼내 보여 주었다.

"이 고성에는 총 아흔아홉 개의 방이 있어. 모두 이 열쇠들을 이용해 자유롭게 열 수 있는 방들이지. 오직 하나만을 제외하고 말이야."

그제야 흥미를 느꼈는지 안나가 되물었다.

"그러니까 나머지 하나는 푸른 수염만의 비밀의 방이라는 뜻이네. 정식으로 결혼식을 올려 아내가 된 언니마저 들어갈 수 없는……."

마리아가 심각한 표정으로 머리를 주억거렸다.

"우선 그 방부터 찾아보자. 이 열쇠들로는 열리지 않는 유일한 방 안에 그동안 푸른 수염과 결혼했던 여인들의 흔적이 있을지도 몰라."

"이 꾸러미 속에 열쇠가 없다면 비밀의 방을 찾아도 안으로 들어갈 수가 없잖아! 그러니 그 방 열쇠부터 찾는 게 순서일 거 같은데?"

마리아는 잠시 생각에 잠겼다. 그리고 파티 기간에 푸른 수염의 서재를 안내받을 때 서랍 속에서 풍경소리처럼 짤랑거렸던 열쇠 부딪치는 소리를 떠올렸다. 그렇다면 이 열쇠꾸러미 보관 장소는 서재 책상일 것이었다. 그리고 나머지 하나의 열쇠도 서랍 어딘가에 보관되어 있을 가능성이 매우 컸다.

"서재로 가자."

"갑자기 서재는 왜?"

서재에 도착한 마리아는 책상 서랍을 하나씩 열어 보았다. 아니나 다를까, 책상 왼쪽 서랍 가장 깊숙한 곳에 다른 것들보다 크면서도 훨씬 정교해 보이는 열쇠 하나가 놓여 있었다.

안나가 물었다.

"그게 비밀의 방 열쇠야?"

마리아가 고개를 저었다.

"하나씩 열어 보면 알게 되겠지."

마리아와 안나의 탐색 작업은 그렇게 시작되었다. 어디에서 어떤 증거나 단서가 나올지 알 수 없는 상황이었으므로 어느 방 하나 허투루 살펴볼 수 없었다. 그러나 무엇보다 중요한 건 수수께끼 같은 비밀의 방이자, 푸른 수염이 드러내 놓고 협박성 경고까지 남기고 떠난 금지된 방을 찾아내는 일이었다.

하지만 그 방을 찾기란 보통 어려운 일이 아니었다. 각각의 방이나 열쇠에 번호와 같은 표식이 붙어 있지 않았기 때문에 방 하나를 열 때마다 99개의 열쇠를 찔러 넣어 봐야만 했다. 그나마 다행스러운 점은 꾸러미에 포함되어 있지 않은 마지막 열쇠가 커서 눈어림으로도 열쇠 구멍과의 차이를 식별할 수 있다는 사실이었다.

고성의 수많은 방을 살펴보면서 안나의 입에서는 끊임없이 감탄사가 터져 나왔다. 이 세상의 모든 진귀한 것들을 모두 끌어모아 놓은 듯, 출입문을 열 때마다 상상을 초월하는 갖가지 보물들이 빼곡하게 전시되어 있었기 때문이다.

하지만 마리아의 눈에는 아무것도 들어오지 않았다. 99번째 열쇠에 맞는 방 찾기에 집중하고 있었기 때문이다. 그렇게 며칠이 지나자 마리아는 서서히 지치기 시작했다. 여러 날 동안 신경을 바짝 곤두세우고 있었던 탓인지 현기증이 갑자기 몰려와 몸이 휘청거렸다.

복도로 나온 마리아는 두 손으로 머리를 감싸 안은 채 바닥에 주저앉아 안정을 취했다. 그리고 잠시 후 고개를 들었다. 바로 그 순간, 복도 동쪽 끝 언저리에 지하로 내려가는 입구가 보였다.

마리아는 생각했다. 만약 푸른 수염이 떳떳하지 않은 일을 벌였다면 그 장소는 분명 지상이 아닌 지하일 것이었다. 두 사람이 애타게 찾고 있는 그 방은 지하에 있을 가능성이 굉장히 컸다.

"안나, 밖으로 나와!"

"왜? 뭔가 새로운 걸 찾았어?"

마리아는 대답 대신 손을 들어 복도 끝을 가리켰다. 그 의미를 이해한 안나가 고개를 끄덕였다. 그렇게 지하로 내려간 두 사람은 또다시 금지된 방 찾기에 나섰다. 그리고 몇 시간을 더 헤맨 끝에 99번째 열쇠에 딱 들어맞는 방문 앞에 섰다.

마리아는 떨리는 손으로 열쇠를 쥔 손에 힘을 주어 오른쪽으로 돌렸다.

예상했던 대로 '딸각!' 하는 소리와 함께 자물쇠가 풀렸다. 극도의 긴장감 때문에 온몸이 식은땀으로 촉촉하게 젖은 마리아와는 달리, 평소와 다름없는 안나가 새로운 구경거리를 기대하며 방문을 벌컥 열었다.

하지만 방은 온통 어둠뿐이었다. 창문이 없는 것인지 아무것도 보이지 않았다. 그 대신 숨을 쉴 수 없을 만큼 끔찍한 냄새가 코를 찔렀다. 게다가 걸음을 한 발짝 옮길 때마다 정체를 짐작할 수 없는 끈적거림이 발바닥을 사정없이 붙들어 매고 있었다.

마리아가 준비해 간 등잔에 불을 붙였다.

등잔의 불꽃이 커지면서 방 안의 모습이 서서히 드러나기 시작했다.

"으악!"

"흐억!"

동시에 두 사람의 입에서 괴성이 터져 나왔다.

발바닥을 붙들어 맨 것은 끈적끈적할 만큼 응고된 사람의 피였고, 그 피는 탁자와 의자에 묶여 있거나 바닥에 나뒹구는 시체에서 흘러나온 것이었다. 안나가 목구멍까지 차올라온 토악질을 견디기 위해 두 손으로 입을 틀어막았다. 하지만 마리아는 사시나무처럼 떨리는 다리에 젖 먹던 힘까지 쏟아부어 가까스로 균형을 유지하면서 시체들을 살펴보기 시작했다.

출입문 맞은편 벽에 화형을 당한 듯 검게 그을린 한 구의 시체가 반듯하게 걸려 있었다. 하지만 그 시체는 세상을 떠난 지 오랜 시간이 흘러 시체라기보다는 유골에 가까웠다. 그런데 그 시체의 뼈 각 부위에 크고 작은 살점이 붙어 썩어 가는 중이었다.

그리고 나머지 시체들에서는 살점이 도려내진 흔적이 보였다. 그러니까 푸른 수염은 그동안 탁자와 의자와 바닥 등에 방치된 여러 구의 사체에서 살점을 뜯어내 벽에 걸린 검은 유골에 붙이는 만행을 저지르고 있었던 것이다.

가까스로 토악질을 견뎌낸 안나의 입에서 신음 섞인 목소리가 터져 나왔다.

"도대체 왜 이런 끔찍한 짓을……."

하지만 마리아는 오히려 그 어느 때보다 더 차분해져 있었다. 하지만 그녀의 머릿속은 연쇄살인 사건의 정황을 정리하기 위해 엄청난 속도로 회전하였다.

잠시 후, 마리아가 입을 열었다.

"여기저기 나뒹굴고 있는 시체들은 분명 푸른 수염과 결혼식을 올렸던 여인들일 거야. 푸른 수염은 자신의 목적을 달성하기 위해 계획적으로 이 여인들을 끌어들였고, 끔찍하게 살해한 거지."

"하지만 벽에 걸린 검은 유골은 뭔가 좀 달라 보이지 않아?"

마리아가 고개를 끄덕이며 대답했다.

"아마도 푸른 수염에게 가장 소중했던 사람일 거야."

"소중한 사람이라면……?"

"푸른 수염의 서재에서 장군 복장을 한 여인의 그림을 본 적이 있는데, 내 짐작이 틀리지 않다면 검은 유골은 아마 그 여인이겠지."

"그러니까 검은 유골을 위해 살인을 한 거라고?"

"푸른 수염은 결혼식을 올린 이후 여인들을 죽여 살점을 도려낸 뒤 검은 유골의 뼈 위에 붙여 바느질했어. 시골 처녀들의 몸으로 검은 유골의 살을 꿰맞추고 있었던 거지. 그리고 놈의 푸른빛 수염……."

"푸른 수염이 왜?"

"죽은 여인들의 시체에서 살점을 도려내고, 그것을 또 검은 유골에 씌워 바느질하는 과정은 고도의 집중력이 필요했을 거야. 그래서 놈은 시체에 얼굴을 최대한 가까이 들이댔을 테고, 그러다 보니 수염에 여인들의 피와 시체 썩은 물이 거듭해서 묻게 되었겠지. 그런데 사람의 피와 살 썩은 물속 기름기는 목욕한다고 해서 없어지지 않아. 특히 놈은 그런 일을 오랜 세월 반복하고 있었으니, 검은색 수염에 인간이 흘린 피와 유분이 엉겨 붙어 푸른빛이 도는 수염으로 염색되었던 거야."

"도대체 검은 유골이 누구기에 저토록 끔찍한 짓을 저질렀을까?"

"지금 와서 생각해 보니 서재에서 보았던 장군 복장의 그림은 백년전쟁을 종식했던 영웅이자 성녀인 그분의 모습이었어.

푸른 수염은 젊었을 때부터 그분의 오른팔 역할을 하던 부하 장군이었지. 하지만 전쟁이 끝나고 나자 성녀의 전공을 시기했 던 귀족들이 그녀를 적국에 팔아넘겼고, 결국 억울한 재판을 거쳐 처형당하고 말았어."

"아! 그런 일이 있었구나."

"그 당시 온 국민이 성녀의 죽음을 애도했어. 그러니 직속상 관을 잃은 푸른 수염이 받은 충격은 두말할 나위가 없었겠지. 어쩌면 그 충격으로 인해 푸른 수염은 이중인격을 가진 미치광 이가 되어 버렸을 테고……"

"그런데 왜 하필이면 시골 출신 처녀들을……?"

"푸른 수염의 상사였던 성녀가 시골 출신이었거든. 그래서 시골 여인들의 살과 살갗을 덧씌우면서 생전의 모습으로 재림 하기를 소망했는지도 모를 일이지."

이야기를 마친 마리아의 시선이 한 시신에 멈추었다. 성대와 눈알이 제거되어 생전의 모습은 짐작조차 할 수 없는 상태였지 만 그녀는 비교적 최근에 살해당한 듯, 부패 정도가 다른 시신 들에 비해 양호한 편이었다. 다만 이웃 마을 구두 수선공의 솜 씨가 분명해 보이는 가죽 신발이 한쪽만 덩그러니 남아 있는 그녀의 발에 신겨 있었다.

"인제 그만 나가자, 언니!"

안나가 마리아의 팔을 잡아끌었다. 사건의 대강을 파악한 마리아 역시 지옥보다 끔찍한 현장에 더는 머물 이유가 없었다. 방을 나서기 위해 마리아가 몸을 돌렸다. 그리고 주머니 속에 넣어 두었던 열쇠를 꺼냈다.

하지만 끈적이면서도 미끄러운 바닥의 핏물과 시체 썩은 체액 때문에 몸의 중심을 잃고 비틀거리다 열쇠를 떨어뜨리고 말았다. 다행히 넘어지지는 않았지만, 녹이 슬어 있던 열쇠의 손잡이 부분에 시체의 핏물이 스며들었다.

밖으로 나온 두 사람은 우물가로 달려가 열쇠에 묻은 핏물을 닦아 냈다. 하지만 녹이 슬어 있던 열쇠의 손잡이 부분은 이미 검푸른 색으로 변색돼 있었다. 녹이 인간의 피와 체액을 빨아들여 전혀 다른 색으로 변해 버렸다. 마리아는 어쩔 수 없이 색깔이 변한 열쇠를 본래 있던 서랍 속에 그냥 넣어 둘 수밖에 없었다.

보름 정도를 예상하고 길을 나섰던 푸른 수염이 고성으로 되돌아온 것은 떠난 지 일주일째 되던 날이었다. 그러니까 마리아와 안나가 금지된 방을 찾아내 끔찍하기 이를 데 없는 현장을 확인한 바로 그날 저녁이었다.

푸른 수염을 태운 마차가 고성 안으로 들어서자 마리아는 당황하지 않을 수 없었다. 푸른 수염의 예상 밖 귀환은 꿈에도 생각하지 못했기 때문이다.

그나마 다행스러운 점은 색깔 변한 열쇠를 제자리에 되돌려 놓은 뒤 마리아가 급하게 편지를 써서 두 오빠가 근무하는 부대로 보냈다는 사실이었다. 하지만 푸른 수염에 대한 일정과 혐의를 모두 알게 된 두 오빠는 일주일이 지난 후에야 기병대와 함께 고성으로 들이닥칠 것이었다.

마리아는 급하게 안나를 불렀다.

"안나! 어떻게든 오빠들에게 연락해서 지금 당장 고성으로 달려와야 한다고 전해. 오늘 밤 우리가 무슨 일을 당할지 모른다고 말이야!"

그리고 마리아는 쿵쾅거리는 가슴을 애써 진정시킨 뒤 최대한 밝은 표정을 지어 보이며 푸른 수염을 마중하러 나갔다.

"예상보다 빨리 돌아오셨네요! 제가 그토록 그립던가요?"

마리아의 농담에 푸른 수염 역시 환하게 웃으며 두 팔을 한껏 벌려 끌어안았다. 그러고는 바로 옆에 있는 하인들의 존재마저 잊은 듯 쪽쪽 소리를 내며 볼 입맞춤을 한 다음에 입을 열었다.

"아무리 지엄한 왕명이라도 당신을 향한 내 마음 앞에서는 하찮은 소음으로밖에 들리지 않으니, 이 일을 어찌하면 좋단 말이오!"

"아이, 깜짝이야! 한 나라의 대공이라는 분이 그토록 대역무도한 발언을 입 밖으로 내시다니, 뒷일을 어찌 감당하시려고 그러십니까?"

"아차! 내가 크나큰 실언을 했구려. 부지불식간에 속마음이 튀어나오는 바람에 그만……."

두 사람의 웃음소리가 고궁 가득 울려 퍼졌다. 십여 명의 하인들이 제각각 본래의 자리로 돌아간 뒤 푸른 수염과 마주 앉은 마리아가 물었다.

"도중에 불상사라도 있었던 거예요? 워낙 갑작스러운 일이라, 반가움보다는 걱정이 앞서 마음이 불안합니다."

푸른 수염이 오른손을 내저으며 대답했다.

"도성으로 향하던 길에 국왕 전하의 서신을 받았다오. 내게 직접 공격하지 않겠다는 말을 듣고 싶어 하던 적국의 사신이 고집을 꺾었다고 말이오. 그러니 수고스럽게 도성까지 오지 말고 되돌아가도 괜찮다는 내용이었소."

"그렇다면 걱정 대신 축하를 해야 할 일이네요!"

"그, 그런가?"

"당연히 그렇지요! 당신 얼른 씻어요. 그동안 저는 우리 둘만의 축하 파티를 준비할 테니까요."

"좋소, 그럽시다!"

그날 밤, 마리아는 유난히 적극적이었다. 푸른 수염이 단 한 순간도 침대를 벗어날 틈이 없을 정도로 열정적이었다.

하지만 푸른 수염은 느끼고 있었다. 미세한 몸짓 하나에서부터 폐부를 채우고 있던 공기가 뿜어져 나오는 날숨의 세기에 이르기까지, 예전의 그 마리아가 아니었다. 푸른 수염은 마리아가 극도의 긴장 상태에 빠져 있다는 사실을 정확하게 인지하고 있었다.

이튿날 오전, 늘 그랬던 것처럼 푸른 수염은 아침 식사를 마친 뒤 산책을 하고 나서 서재로 향했다. 푸른 수염은 평생을 전쟁에 바친 군인답게 서재에 들어선 순간 미세한 변화를 단번에 감지했다.

그는 꾸러미에 포함되지 않은 열쇠가 들어 있는 서랍부터 확인했다.

잠시 후, 푸른 수염과 마리아가 응접실 탁자를 사이에 두고 마주 앉았다.

푸른 수염이 침통한 표정으로 입을 열었다.

"당신은 내 경고를 무시하지 않았어야 했소."

얼굴이 파랗게 질린 마리아가 대답했다.

"무슨 얘기를 하시는 건지 모르겠네요."

푸른 수염의 눈썹이 파르르 떨렸다. 그 떨림이 잦아들자 푸른 수염은 손에 쥐고 있던 금지된 방 열쇠를 탁자에 올려놓았다.

"제발 그러지 않기를 빌고 또 빌었소. 하지만 당신은……"

마리아의 얼굴색이 오히려 평온을 되찾아가고 있었다.

"있지도 않은 왕명을 핑계 삼아 덫을 놓은 건 당신이었어요."

푸른 수염이 변명하듯 말했다.

"그건 당신을 시험하는 마지막 관문이었소."

마리아 역시 물러서지 않았다.

"그 열쇠는 제 믿음의 마지막 희망이었어요. 그 방문을 열면서 아무것도 없는 텅 빈 방이기를 얼마나 바랐는지 몰라요."

푸른 수염이 고개를 끄덕였다.

"그랬구려. 당신도 나를 사랑하고 있었구려!"

"......!"

"하지만 당신은 죽어야 하오. 그것도 지금 당장!"

얼음장처럼 차가운 말과는 달리, 푸른 수염의 눈에서 눈물이 흘러내렸다.

"좋아요. 기꺼이 죽어 드리지요. 하지만 죽기 전에 마지막으로 하느님께 기도할 시간마저 주지 않겠다는 뜻은 아니겠지요?"

"지금 이 순간부터 십오 분이오. 더는 단 일 초도 허락할 수 없소."

혼자 2층에 있는 자신의 방으로 들어간 마리아는 창문을 열어 서쪽 언덕이 보이는 뜰에 대기하고 있던 안나와 수신호를 주고받았다.

안나는 머지않아 오빠들이 기병대를 이끌고 도착할 거라고 알려 주었다. 하지만 마리아에게 주어진 시간은 겨우 15분에 불과했다. 안나에게 그 내용을 알려 주자 안색이 파랗게 질렸다. 불과 하루 전에 금지된 방에 들어가 지옥보다 더한 참상을 두 눈으로 낱낱이 확인했기 때문이었다.

약속했던 15분이 지나자 문밖에서 푸른 수염이 채근하기 시작했다.

"약속한 시각이 되었소. 이제 나오시오."

"잠시만, 아주 잠시만 더 기다려 주세요."

"얄팍한 수작으로 시간을 끌려는 수작은 부리지 마시오."

"당신은 원하지도 않는 생죽음을 아무렇지도 않게 받아들일 수 있나요? 게다가 어떻게 죽어 갈 것인지 속속들이 다 알고 있는 상황에서 말이에요. 그러니 난 어떻게든 시간을 최대한 끌어 볼래요."

그런 가운데 마리아는 끊임없이 수신호 소통을 했다. 두 오빠와 기병대의 모습이 보이는 모양이었다. 하지만 푸른 수염은 이미 마리아의 방 출입문을 부수고 있는 중이었다. 역시 군인은 군인이었다. 불과 세 차례의 망치질에 방문이 종잇장처럼 찢어져 사방으로 흩날렸다.

두 눈이 벌겋게 충혈된 푸른 수염이 말했다.

"자, 이제 금지된 방으로 갑시다!"

"……!"

방구석으로 내몰린 마리아가 고개를 절레절레 흔들었다.

"그렇다면 끌고 가는 수밖에……!"

푸른 수염의 우악스러운 오른손이 마리아의 머리채를 움켜쥐었다. 하지만 마리아는 발버둥 치지 않았다. 그 대신 똑바로 일어나 푸른 수염의 핏빛 눈동자를 정면으로 바라보며 절규하듯 외쳤다.

"당신이 오랜 세월 모시고 따랐던 상관이자 영웅이었던 성녀는 절대 이 세상에 존재하지 않아요. 아무리 많은 시골 처녀들을 죽인 뒤 살과 살갗을 도려내 그분의 유골 위에 덧입힌다고 해도 예전의 성녀는 영원히 되돌아오지 않는다고요!"

푸른 수염의 얼굴이 심하게 일그러졌다. 그리고 살짝 치켜 올라간 왼쪽 입꼬리를 씰룩거리며 말했다.

"안타깝게도 당신은 금지된 방에서 마지막을 장식할 영광조차 거부하는구려."

"……!"

허리춤에서 단도를 꺼내든 푸른 수염의 오른팔이 허공을 갈랐다. 마리아는 두 눈을 질끈 감았다. 이제 푸른 수염의 단도가 목을 뚫고 들어와 동맥을 끊어 버릴 것이었다. 마리아는 이제 모든 것이 끝났다고 생각했다.

"커억!"

하지만 그 비명은 마리아가 지른 것이 아니었다.

마리아는 조심스럽게 눈을 떠 보았다.

자신의 목은 그대로였지만, 단도를 휘두르던 푸른 수염의 오른팔이 보이지 않았다.

그리고 푸른 수염의 가슴을 뚫고 나온 날카로운 창끝이 자신의 콧등을 간질이고 있었다.

휴가를 받아 집에 올 때마다 창술의 대가라는 큰오빠와 검술의 일인자라는 작은오빠의 자기 자랑을 한 번도 믿지 않았던 마리아였다.

하지만 귀에 인이 박이도록 들었던 두 오빠의 허풍이 아주 헛말은 아닌 듯했다.

자신이 죽지 않았음을 확인한 마리아는 방바닥에 쓰러져 있는 푸른 수염을 향해 고개를 돌렸다. 창에 찔린 가슴에서 흘러나온 피가 방바닥을 적시고 있었다. 그의 피는 곧 금지된 방에서 처참하게 죽은 여인들의 그것처럼 서서히 응고되어 녹아내린 고무처럼 끈적이게 될 것이었다.

푸른 수염의 속눈썹이 파르르 떨리고 있었다. 아직 죽지 않은 것이다. 마리아는 발을 들어 푸른 수염의 목을 밟았다. 거짓말처럼 두 눈을 부릅뜬 푸른 수염이 마리아를 바라보았다.

천천히 상체를 숙인 마리아가 푸른 수염의 귓바퀴에 입을 댄 채 속삭였다.

"축하해 줘요, 푸른 수염!"

"……?"

푸른 수염의 눈동자가 뭘 축하해 달라는 거냐고 묻고 있었다.

"당신의 유일한 상속자였던 내가 이제 이 고성의 주인이랍니다!"

"……!"

"잘 가요, 푸른 수염!"

"……."

마리아는 푸른 수염의 목을 밟고 있던 오른발에 힘을 주었다.

피리 부는
사나이

시청 앞 드넓은 광장이 수많은 사람으로 북적이고 있었다. 이른 아침부터 시민들이 하나둘씩 모여들기 시작하더니 정오 무렵이 되자 발 디딜 틈이 없을 정도가 되었다. 모임을 주도한 어떤 인사는 족히 삼만 명은 넘을 거라고 예상했고, 도시의 치안을 담당하고 있는 시 경찰국에서는 일만 이천 명 정도의 군중이라고 추산했다.

"사람들이 무더기로 죽어 나가기 시작한 지 벌써 석 달이 되었다! 전염병이 하루가 다르게 확산하는 동안 시와 시장은 도대체 뭘 하고 있었는지 낱낱이 밝혀라!"

허름한 차림의 평민들로 보이는 군중들은 하나같이 분노하고 있었다.

불과 100여 일 전에 시작된 전염병으로 온 도시가 쑥대밭으로 변해 가고 있는데 시민들의 생명과 재산 보호를 지상의 목표로 하고 있다는 시와 시장은 변변한 대책 하나 내놓지 못하고 있었기 때문이다.

"지난 석 달 동안 우리 동네 인구는 무려 30퍼센트가 줄었다. 따라서 우리 마을 사람들은 시와 시장을 업무 태만과 과실치사 혐의로 법원에 고발하기로 했다!"

수많은 군중의 시선은 처음부터 오직 한 곳, 시청 건물 2층 발코니를 향하고 있었다. 중요한 행사를 진행하거나 특별한 일이 생길 때마다 시장은 그곳 발코니에 나와서 자기 생각이나 입장을 직접 밝히곤 했기 때문이다.

"시장은 이제는 회피하지 말라!"

하지만 전염병이 창궐해 시민 전체가 유족이 되어 가고 있는 지난 석 달 동안 시장은 단 한 번도 모습을 드러내지 않았다. 이에 분노한 시민들이 시청 앞 광장으로 속속 모여들어 시장의 해명이나 앞으로의 계획을 직접 들어야겠다며 시위를 벌이는 것이었다.

"시장은 당장 발코니로 나와라!"

시간이 흘러 정오가 가까워져 오자 시민들의 짜증은 극점을 향해 치닫기 시작했다.

한나절이 다 되도록 시장은 코빼기도 내비치지 않는 데다, 엄청난 열기를 내뿜고 있는 여름 한낮의 따가운 햇볕이 폭발

일보 직전의 인내력에 생채기를 내고 있었다. 평화 시위를 하던 시민들이 눈 깜짝할 사이에 폭동으로 변할 수도 있는 절체절명의 상황이 다가오고 있는 것이었다.

"시장이 끝까지 버틴다면 우리가 쳐들어가겠다!"

시청은 3층으로 이루어진 청사 위에 5층 높이의 첨탑을 더한 독특한 양식의 건물로 오랜 세월 동안 도시의 상징이자 모든 시민의 자부심이었다.

하지만 전염병이 도시 전체를 휩쓸고 있는 오늘의 시청 입구에서는 건물 안으로 들어가려는 시위대와 시청 소속 경호원들의 격렬한 몸싸움이 벌어지고 있었다.

만약 이런 갈등과 대치 상황이 지속한다면 자칫 엄청난 일이 벌어질 수도 있었다. 밤이 되면 군중들은 횃불을 들어 어둠을 밝힐 테고, 시청 경호원들은 최후의 방어선을 지키기 위해 실력행사라도 불사할 것이었다.

따라서 모든 상황은 밤이 되기 전에 종료되어야만 했다. 지금 이 순간 시장의 가장 중요한 책무는 시민들의 평화로운 시위가 방화나 폭력으로 발전하지 않도록 막는 일이었다.

시장은 상황이 이렇다는 것을 누구보다 잘 알고 있었다. 하지만 문제는 전염병에 대한 뾰족한 대책이 없다는 점이었다.

가족과 이웃을 잃은 시민들의 분노를 달래 줄 묘안이 없는데도 시장은 발코니로 향해야만 했다.

시장은 도살장으로 끌려가는 소가 된 기분이었다. 하지만 시민들 앞에서까지 축 늘어진 모습을 보일 수는 없었다. 비록 전염병에 속수무책으로 당할 수밖에 없는 것이 솔직한 현실이지만, 마지막 남은 희망의 불씨마저 꺼뜨려 버릴 수는 없기 때문이었다.

시장이 발코니에 모습을 드러내자 금방이라도 떠나갈 듯 소란스러웠던 드넓은 광장이 거짓말처럼 조용해졌다. 수만 명에 이르는 시민들 모두가 약속이라도 한 것처럼 숨을 죽인 채 시장을 주시했다. 시장을 바라보는 대부분의 눈동자 속에는 엄마 젖을 갈구하는 배고픈 갓난아이의 그것과 같은 절박함이 가득했다.

두어 차례 헛기침을 내뱉은 시장이 어렵사리 입을 열었다.

"사랑하는 시민 여러분! 저는 오늘 여러분이 왜 이곳 시청 앞 광장에 모이게 되었는지 알고 있습니다. 어느 날 갑자기 우리들의 일상 속에 끼어든 전염병 때문에 부모나 형제, 또는 자녀와 이웃사촌을 잃은 시민 여러분의 불안과 공포 역시 잘 알고 있습니다."

군중 속에서 누군가가 외쳤다.

"모든 것을 그토록 잘 알고 계신다니, 전염병 퇴치법 역시 꿰뚫고 있겠지요?"

시장은 움찔했다. 하지만 아무 말도 듣지 못한 척 말을 이어

나갔다.

"우리 앞에는 전염병이라는 공동의 적이 있습니다. 그리고 그 공동의 적을 물리치기 위해서는 이성적인 대처가 필요합니다. 그래야만 우리는 살아남을 수 있습……."

시장의 말이 채 끝나기도 전에 고함이 터져 나왔다.

"당신은 눈코입귀를 폼으로 달고 있소? 뒷골목에 쌓여 가는 시체도 볼 수 없고 가족 잃은 자들의 통곡소리도 들리지 않는다면, 내 한 가지 물어봅시다."

"……!"

"우리네 고매하신 시장님께서는 눈앞에서 부모 자식이 죽어 가고 있는데, 귀족다운 품위를 지키며 우아하게 이성적인 대처를 할 수 있으십니까?"

시장은 대단한 카리스마를 지닌 인물이었다. 그는 평소 건장한 체구와 중후한 목소리, 그리고 만물박사로 통할 만큼 풍부한 지식을 바탕으로 군중을 압도해 좌중의 분위기를 자신이 원하는 방향으로 이끌어 가곤 했다.

하지만 이날만큼은 아니었다. 죽음에 맞서 싸우고 있는 시민들 앞에서 시장의 카리스마는 솜털보다 가벼운 무기에 지나지 않을 뿐이었다.

시장이 잠시 대답을 머뭇거리자 곳곳에서 고함이 터져 나왔다. 가난한 백성들이야 죽거나 말거나 성채 뒤에 꽁꽁 숨어 제

목숨을 보존하기에 급급한 귀족에 대한 원망이 욕설로 변해 분출되고 있었다.

두 팔을 높이 들어 시위대의 야유를 제지한 시장이 말을 이었다.

"저 역시 여러분과 같은 처지입니다. 지난 밤, 제 사촌인 그리메리 백작 역시 전염병 때문에 세상을 떠났습니다. 하지만 아직껏 장례 준비조차 하지 못하고 있는 실정이지요."

그리메리 백작이 사망했다는 소식에 시민들이 웅성거리기 시작했다.

그리메리 백작은 나라 안에서 몇 손가락 안에 드는 대부호이자 귀족임에도 평민들을 언제나 친구처럼 대하는 소탈한 인물이었다.

게다가 흉년이라도 들면 자신의 곡식창고 문을 활짝 열어 빈민 구호에 앞장서기도 했다. 그런 선행이 오랜 세월 지속되다 보니 광장에 모인 상당수의 시민들이 그리메리 백작의 도움을 받았을 터였다.

금방이라도 폭발할 것 같던 시민들의 분노는 그리메리 백작 사망 소식 이후 확 수그러들었다. 시장은 어쩌면 발코니에 모습을 드러내기 전부터 그런 예상을 하고 있었는지도 모를 일이었다.

웅성거림이 잦아들자 시장의 발언이 계속되었다.

"왕실에서 설립한 왕립질병연구소에서는 이번 전염병을 흑사병이라고 이름 지었습니다. 왕립질병연구소의 발표에 따르면 그 어떤 악마보다 무자비한 흑사병은 귀족이든 평민이든, 성직자든 노예든 무차별적으로 학살한다고 합니다. 나아가 이 흑사병은 제아무리 높고 두꺼운 성벽으로도 막을 수 없다고 밝혔습니다. 따라서 시장인 저 역시 여러분과 같은 마음일 수밖에 없습니다."

침통한 표정으로 고백하는 듯한 말투를 이어 가고 있는 시장을 향해 시민들은 더는 야유와 욕설을 퍼붓지 않았다. 다만 시위대 끝자락에 서 있던 한 시민이 맥 빠진 목소리로 질문을 던졌다.

"그러니까 왕실에서 하는 얘기는, 아무런 대책도 없으니 흑사병이 스스로 물러갈 때까지 죽든 말든 기다리는 수밖에 없다는 뜻인가요?"

시민의 절망 가득한 질문에 시장은 고개를 세차게 저으며 부정했다.

"왕립질병연구소에서는 흑사병의 병원균이 사람과 사람끼리 전염되는 예도 있지만, 가장 활발하게 병원균을 옮기고 있는 매개체가 쥐 떼라는 사실을 밝혀냈답니다. 따라서 우리는 모두 지금까지 해 왔던 격리와 치료 작업 이외에 우리 주변에 우글거리고 있는 쥐 떼 박멸에 전력을 기울여야 합니다."

광장을 가득 채운 시민들은 너나 할 것 없이 황당하다는 표정을 지었다. 지금껏 상상조차 하지 못했던 쥐 떼가 병원균을 퍼뜨린 주범이었다니! 하지만 곰곰이 생각해 보니 가능성이 매우 큰 이야기였다.

쥐 떼는 수백 년 전부터 사람들, 특히 농민들을 사시사철 괴롭히는 최고의 골칫거리였다. 밭에 심어 놓은 뿌리 작물인 감자나 고구마 등을 파헤쳐 먹는 것은 기본이었고, 밀을 비롯해 쌀과 보리 역시 알곡뿐만이 아니라 줄기까지 갉아 놓는 바람에 피해가 이만저만이 아니었다.

게다가 나무를 타고 올라가 과일 농사를 망쳐 버린 일도 다반사였다.

또한 겨울을 나기 위해 저장해 놓은 식량을 엄청나게 축내는가 하면, 소중하게 보관해 놓은 씨알 굵은 종자까지 마구잡이로 먹어 치워 한 해 농사를 망쳐 놓는 원흉이 바로 쥐 떼였다. 농민들은 일 년 내내 쥐를 잡기 위해 갖은 방법을 동원해야만 했다. 하지만 쥐 떼는 절대 줄어들지 않았다.

쥐는 한 달에 한 번 새끼를 낳는데, 한 배에 열두 마리까지 낳는 등 그 어떤 종보다 번식력이 뛰어난 동물이었다. 이를 산술적으로 따져 보면 암컷 쥐 한 마리의 자손이 일 년 만에 무려 2만 마리에 이를 수 있다는 계산이 나온다. 그러니 쥐 떼는 줄지가 않았다.

그렇다고 해서 쥐 떼가 농민들만 콕 찍어 괴롭혔던 것은 아니다. 인구가 불어나 크고 작은 도시가 자리를 잡은 이후, 초창기에는 오물 처리 때문에 이웃들끼리 이만저만 갈등이 생긴 것이 아니었다.

사람들은 밤이 되면 항아리에 배변해 담아 두었다가 아침이 되면 집 밖으로 쏟아 버리곤 했다. 그러다 보니 지체 높은 귀족 부인들은 굽이 높은 신발을 만들어 신고 외출을 하는 새로운 풍속이 생겨나기까지 했다.

더러운 것은 두말할 나위도 없고, 숨을 제대로 쉴 수 없을 만큼 엄청난 악취 때문에 고민하던 각 도시가 하수도라는 것을 만들어 뚜껑을 덮기 시작했다. 그 이후 골목길을 뒤덮고 있던 오줌똥은 사라졌고, 코를 찌르는 악취 또한 세월의 흐름과 함께 옛일이 되어 갔다.

하지만 그로부터 몇 년이 흐른 뒤, 아무도 예상하지 못했던 엄청난 재앙이 도시로 몰려왔다.

그 재앙의 출발지는 하수구였다. 다양한 음식물 찌꺼기부터 오줌똥에 이르기까지 도시 사람들이 일상에서 발생하는 모든 오물을 하수구에 버린 결과 하수구는 농촌에서 도시로 이사해 온 쥐 떼들의 온상이 되었다.

도시의 하수구는 쥐 떼의 천국이었다. 사람들이 버린 모든 찌꺼기가 쥐 떼에게는 더없이 맛깔스러운 식량이었다. 그렇다

보니 도시 쥐들은 농촌 쥐의 서너 배가 훌쩍 넘을 만큼 크고 튼실하게 자랐다. 쥐 두세 마리가 합세해 자신들을 뒤쫓던 고양이를 잡아먹는 황당한 일이 벌어지기도 했다.

게다가 농촌과는 달리 도시 사람들은 쥐를 보면 기겁을 했다. 그러니 어쩌다 하수구를 벗어나 밖으로 나가더라도 사람에게 잡혀 죽을 염려는 없었다.

사람들이 만든 도시는 결국 쥐가 주인인지 사람이 주인인지 분간할 수 없는 지경에 이르렀다.

"옴마야! 그 징그러운 쥐가 주범이었다니……."

흑사병 창궐에 쥐 떼가 결정적인 역할을 하고 있다는 시장의 전언에 시민들은 진저리를 쳤다. 수만에 이르는 군중 가운데 쥐를 좋아하는 이는 단 한 사람도 없었다.

하지만 어지간한 토끼보다 더 큰 쥐를 어떻게 박멸해야 하는지를 아는 사람 역시 아무도 없었다. 시청 앞 광장은 또다시 웅성거리기 시작했다.

잠시 후, 쥐를 두려워하는 시민들의 웅성거림은 군중 심리에 편승해 비아냥거림과 야유로 변해 가기 시작했다. 발코니에 나와 가까스로 시민들을 진정시킨 시장의 노력이 물거품이 되어 가는 순간, 헐렁한 상의에 빠짝 낀 바지를 입은, 조금은 우스꽝스러운 차림새의 젊은 사내가 시청 건물 앞에 설치된 연단 위로 올라가 큰소리로 외쳤다.

"시민 여러분! 저, 피리 부는 사나이가 여러분께 인사드립니다!"

느닷없이 등장한 젊은 사내는 말투와 몸짓이 사뭇 과장되어 마치 어릿광대처럼 보였다. 심각하기 그지없는 상황에 어울리지 않게 해맑아 보이기까지 하는 사내의 등장은, 자칫 시장에게 향할 뻔했던 야유와 욕설을 순식간에 자신의 것으로 만들어 버렸다.

"웬 떨거지가 갑자기 나서는 거냐!"

"동냥질도 분위기 봐 가면서 해야지!"

"죽고 싶어 환장한 모양이구나!"

시민들의 입장에서 사내의 난데없는 출현은, 울고 싶어 미치겠는데 뺨을 때려 준 격이었다. 그러니 차마 입에 담기조차 어려운 욕지거리를 바가지째 얻어먹는 건 지극히 당연한 일이었다. 하지만 젊은 사내는 눈 하나 깜짝하지 않고 능구렁이 같은 말솜씨를 뿜냈다.

"이런, 이런! 여러분들이 뭔가 오해를 하신 듯싶군요. 저, 피리 부는 사나이는 싸구려 동냥질을 하려는 게 아니랍니다. 믿어지지 않을지 모르겠지만 여러분을 구원해 드리기 위해서 온 거라고요! 그러니 웬만하면 욕설은 자제해 주셨으면 합니다."

사기꾼 기질이 다분해 보이는 사내의 대꾸에 시장까지 나서서 야단을 쳤다.

"하루에 수백 명씩 죽어 나가는 이 도시를 젊은이가 나서서 구원해 주겠다고? 지금 그대는 광장을 가득 채우고 있는 수많은 시민은 물론, 시장과 이 도시 전체를 우롱하고 있음을 알고 있는가!"

하지만 젊은 사내는 물러날 기색을 보이지 않았다. 오히려 더욱 당당한 표정을 지으며 자신감 넘치는 목소리로 외쳤다.

"우롱이라니! 어찌 그리 심한 말씀을……! 저, 피리 부는 사나이는 신의 은혜를 입은 사람입니다. 그렇다고 앉은뱅이를 걷게 하거나 장님의 눈을 뜨게 할 능력이 있다는 얘기는 아닙니다."

사내를 겹겹이 둘러싼 시민들이 합창하듯 물었다.

"그렇다면 네놈이 할 수 있는 게 뭔데?"

자칫하면 군중들에게 몰매를 얻어맞을 수 있는 상황이었지만, 젊은 사내는 자신감 넘치는 몸짓으로 허리춤에서 피리를 꺼내 치켜들며 말했다.

"저는 이 피리 소리로 동물을 조종할 수 있습니다. 신께서 저에게 주신 은혜라고 할 수 있지요. 그런데 조금 전 이곳을 지나치다가 흑사병의 중요한 매개체가 쥐 떼라는 시장님의 얘기를 들었습니다. 그렇다면 제가 도움이 될 수 있겠다 싶은 마음에 여러분 앞에 나섰으니, 듣는 것만으로도 끔찍한 욕은 이제 그만 멈춰 주세요! 제발……."

자칭 피리 부는 사나이가 거짓말을 하는 것 같지는 않았다.

224

장난기 가득해 보였던 처음과는 달리 그의 목소리는 부드럽고 차분했으며 듣는 이의 마음을 움직이게 하는 호소력까지 갖추고 있었다. 그래서 많은 사람이 그럴 수도 있겠다는 듯 고개를 끄덕였지만, 아직 의구심을 떨쳐내지 못한 시장이 명령하듯 말했다.

"피리를 불어 동물을 조종할 수 있다는 말은 아직껏 한 번도 들어 본 적이 없소. 그러니 수많은 시민이 지켜보고 있는 지금 이 자리에서 피리를 불어 그대의 능력을 증명해 보였으면 하오!"

"시장님께서 원하신다면 보여 드리지요."

사내는 들고 있던 상아색 피리를 입으로 가져가더니 금방이라도 눈물이 나올 것 같은 구슬픈 곡조를 연주하기 시작했다. 잠시 후, 광장 곳곳에서 비명이 터져 나왔다. 피둥피둥 살이 오른 쥐들이 하수구를 덮어 놓은 뚜껑의 깨진 틈 사이를 가까스로 통과해 줄을 지어 기어 나오고 있었기 때문이다.

"으악, 쥐다! 쥐가 나오고 있어!"

"이쪽 구멍에서는 쥐들이 떼로 나오고 있어요!"

"꺄악! 이 하수구에서도 나와요!"

"신의 은혜를 받았다는 저분의 말은 거짓이 아니었어!"

불과 몇 분 전까지만 해도 야유를 퍼붓던 상당수의 시민은 어느새 피리 부는 사나이를 존경하는 눈초리로 우러르고 있었다.

"지금부터는 피리 소리가 하수구 깊은 곳까지 울려 퍼질 수 있는 곡을 연주하겠습니다. 그러니 하수구 뚜껑을 열어 주세요."

시민들이 힘을 모아 하수구 뚜껑을 열어젖히자 사내의 피리 끝에서 장송곡보다 더 애절한 곡조가 흘러나왔다. 곧이어 하수구를 쳐다보고 있는 사람들 모두를 경악하게 하는 일이 벌어졌다. 헤아릴 수 없이 많은 쥐가 퉁퉁 불어 금방이라도 '펑!' 하고 터져 버릴 것만 같은 시체 하나를 하수구 밖으로 끌어올리고 있었다.

도무지 믿어지지 않는 광경을 보던 군중들이 동시에 뒷걸음질을 쳤다.

"세상에, 어떻게 이런 일이⋯⋯!"

"저 사람은 도대체 누구지?"

하지만 보통 사람 두 배는 되어 보일 만큼 심하게 변형되고 훼손된 시체의 신원을 확인하기란 거의 불가능해 보였다. 모두 시신이 누구인지 단서 찾기에 집중하고 있는 가운데, 상가 주변에 머물며 여러 상인의 잔심부름으로 끼니를 해결하고 있는 소년이 외쳤다.

"마구간 지스터 씨예요! 지스터 씨는 항상 저 가죽옷을 입고 말들을 돌보곤 했어요. 분명히 그 사람이라고요!"

고개를 갸웃거리고 있던 여러 사람이 동조했다.

"내 보기에도 그런 것 같네. 그나마 가죽옷을 걸치고 있어서 하수도 물에 불어난 몸이 터지지 않고 버텼구먼!"

"며칠 전부터 보이지 않아 흑사병에 걸린 이후 깊은 산속으로 들어가 죽은 줄 알았는데, 하필이면 강아지만한 쥐 떼가 득실거리는 하수구에서 마지막을……."

평소 그와 알고 지냈던 여러 상인의 탄식이 곳곳에서 터져 나왔다. 피리 부는 사나이가 얼굴 가득 미안한 표정을 지어 보이며 말했다.

"끔찍한 광경을 보여 드리게 되어 죄송합니다, 여러분!"

그러고 나서 몸을 돌려 2층 발코니에 있는 시장을 정면으로 바라보며 말을 이어 나갔다.

"하지만 시장님의 명령에 따라 제 능력이 어느 정도인지를 증명할 필요가 있었습니다. 그리고 지스터 씨의 시신을 쥐 떼가 옮겨 온 것은 우연히 벌어진 일이 아니라는 사실을 밝히고자 합니다. 다시 말해서 제가 의도한 일이라는 뜻입니다. 자, 이제 시장님을 비롯한 수많은 시민이 직접 확인하신 것처럼 제가 이 도시의 골칫거리를 해결할 수 있다는 말을 믿으시겠지요?"

시장이 피리 부는 사나이의 말을 이어받았다. 하지만 조금 전보다 그의 말투는 무척 공손해져 있었다.

"원하는 것이 무엇이오? 하수구에서 시신을 끌어올려 수많은 사람을 놀라게 하면서까지 자신의 능력을 과시한 데는 반드시 그만한 이유가 있었을 거라는 생각이 드는데……."

말과 행동이 아첨꾼처럼 변한 피리 부는 사나이가 대답했다.

"대단히 날카로운 질문이십니다, 시장님. 하지만 저는 이 도시의 골칫거리를 해결해 주는 대가로 엄청난 보수를 바라는 파렴치한은 아니랍니다. 다만 제 삶을 풍족하게 해 줄 약간의 금화가 필요할 뿐입지요."

시장은 정체를 알 수 없는 젊은 사내가 탐탁지 않았다. 하지만 그는 이미 자신의 능력을 증명해 보였다. 게다가 시민들의 표정을 보아하니 신의 은혜를 입었다는 그가 훨씬 더 많은 것을 요구해도 무조건 들어줘야 한다는 무언의 압박을 가하고 있었다.

더구나 무엇보다 중요한 점은 시장에게는 쥐 떼를 박멸할 뾰족한 수가 없다는 사실이었다.

시장은 어쩔 수 없이 사내가 내건 조건을 수락했다.

"좋소. 앞으로 닷새의 시간을 줄 테니 이 도시에 있는 모든 쥐를 박멸하시오. 그러면 당신이 섭섭하지 않을 만큼 충분히 사례하리다."

"감사합니다, 시장님! 분부대로 합지요."

피리 부는 사나이가 다소 과장되면서도 우스꽝스러운 몸짓으로 인사했다.

이튿날부터 사내는 하루에 한 차례씩 하수구가 있는 도시의 모든 길을 돌아다니며 피리를 불어 댔다.

이른 아침이면 고소한 냄새를 풍기는 마리아의 빵집 앞에서부터 시작해 매일 밤 취객들의 크고 작은 몸싸움이 벌어지는 지미의 술집 뒷골목에 이르기까지 그의 발걸음이 닿지 않은 길은 단 한 곳도 없었다.

그의 피리 소리가 울려 퍼지기 시작하면 반경 수백 미터에 이르는 하수구 입구는 물론, 벽에 뚫린 크고 작은 모든 구멍에서 쥐 떼가 쏟아져 나왔다. 그 숫자가 얼마나 많은지, 어림잡아 가늠할 수조차 없을 지경이었다.

피리 부는 사나이의 등 뒤에는 순간마다 겹겹이 쌓인 쥐 떼가 성난 파도처럼 엎어지고 뒤집히면서도 꿋꿋이 앞으로 나아가고 있었다. 무엇 때문인지 알 수는 없었지만 한걸음이라도 더 가까운 곳에서 피리 소리를 듣기 위해 죽을힘을 다하는 것처럼 보였다.

"우리가 저 많은 쥐 떼와 같이 살고 있었다니!"

"저런 분이 우리 시장이었어야 했는데……."

사람들은 쥐 떼의 엄청난 규모에 경기를 일으킬 만큼 놀라는 한편, 피리 부는 사나이의 놀라운 능력을 경이로운 시선으로 바라보곤 했다. 하지만 오직 한 사람, 시장은 달랐다.

시장은 마음이 불안할 때마다 습관처럼 찾아가는 등받이 높은 단풍나무 의자에 앉아 깊은 고민에 빠졌다. 사실 피리 부는 사나이는 자신과 도시를 위해 나타난 구세주와도 같은 인물임은 틀림없었다. 하지만 뿌리를 알 수 없는 의구심이 가슴 한쪽에서 자꾸만 꿈틀거리고 있었다.

'뭘까? 어떤 목적을 가진 것일까?'

하지만 도무지 짐작할 수가 없었다.

'정말로 금화 몇 닢이 목적이란 말인가……'

시장의 의문이 깊어져 가는 사이 나흘이 지났고, 목표했던 하루를 앞두고 도시의 모든 쥐가 말끔하게 사라졌다. 피리 부는 사나이가 시내에 서식하고 있던 모든 쥐 떼를 이끌고 깊은 숲속으로 들어가 다시는 빠져나올 수 없는 수백 미터 깊이의 계곡에 가두어 버렸다는 것이었다.

임무를 완수한 피리 부는 사나이는 시청 앞 광장에 도착해 목청껏 외쳤다.

"시민 여러분! 그리고 시장님! 저는 약속을 지켰습니다! 여러분과 약속했던 대로 흑사병을 옮기는 쥐 떼를 모두 없앴습니다. 그러니 시장님께서는 제게 약속한 금화를 주시기 바랍니다."

사내의 목소리를 들은 시민들이 하나둘 모습을 보이기 시작했다. 나흘 전처럼 엄청난 숫자는 아니었지만, 순식간에 이삼천에 이르는 시민들이 광장으로 모여들었다.

시장이 시청 2층 발코니로 나오자 피리 부는 사나이가 다시 한번 말했다.

"시장님, 이제 시장님이 약속을 지킬 차례입니다."

하지만 시장의 표정은 냉랭하기만 했다. 그리고 나흘 전에 자신이 했던 약속을 눈 한 번 깜박이지 않고 뒤집어 버렸다.

"나는 너에게 단 한 푼의 돈도 줄 수 없다."

전혀 예상하지 못했던 시장의 말에 피리 부는 사나이가 발끈했다.

"수많은 시민 앞에서 한 약속을 지키지 않겠다고요?"

"그렇다!"

"왜요? 도대체 이유가 뭡니까?"

"나흘 전, 너는 신의 은혜를 입어 특별한 능력을 갖추게 되었다고 말했다. 그런데 신이 사람에게 쥐를 조종할 수 있는 능력을 부여해 준다는 말은 성경 어디에서도 찾아볼 수 없었다. 그러니까 너는 어릿광대의 잔재주를 부려 기적을 일으키는 것처럼 행동하면서 신으로 속이는 신성모독의 엄청난 죄를 저지른 셈이다!"

시장의 황당한 설명에 피리 부는 사나이는 벌어진 입을 다물지 못했고, 광장에 모여든 시민들은 마치 약속이라도 한 것처럼 옆 사람과 귓속말을 주고받으며 고개를 갸웃거렸다.

피리 부는 사나이가 한참 만에 입을 열었다.

"그래서 저를 감옥에 가둘 셈인가요?"

시장이 고개를 저으며 대답했다.

"이 도시의 시장인 나는 쥐 떼를 박멸한 네 공로는 참작해 신성 모독죄를 묻지 않기로 했다. 그 대신 약속했던 금화를 주지는 않을 것이니 감옥살이를 시키지 않은 나와 우리 시민들에게 감사하는 마음으로 이 도시를 떠나기 바란다."

"제가 금화를 기어코 받아야 하겠다면요?"

"오늘 밤 안으로 이 도시를 떠나지 않으면 신성모독에 시민들을 현혹한 이단의 수괴라는 죄목으로 종교재판을 받게 될 것이다."

그 말을 끝으로 돌아서는 시장을 보며 피리 부는 사나이는 치를 떨었다. 이 모두를 지켜본 시민들 역시 시장의 황당한 결정에 고개를 절레절레 흔들었다.

무엇이 신성모독이고 이단인지는 알 수 없었지만 피리 부는 사나이는 어쨌든 흑사병을 옮기는 엄청난 쥐 떼를 없애 준 고마운 사람이었다.

사람들은 시장이 얼마 되지 않는 금화를 아끼기 위해 잔꾀를 부린 것으로 추측했다.

그로부터 며칠이 지난 어느 날, 소리소문 없이 도시에 나타난 피리 부는 사나이가 연주하기 시작했다. 그런데 그의 피리에서 흘러나온 소리는 지난번의 서럽도록 구슬픈 노랫가락과는 정반대에 가까운, 밝고 흥겨운 동요였다.

피리 부는 사나이는 마치 쥐 떼를 몰아내던 며칠 전을 회상하는 듯 그때와 똑같은 궤적을 그리며 도시를 훑어 나갔다.

그의 피리 소리는 사람들이 많은 큰 도로에서 칙칙하고 어두운 뒷골목에 이르기까지 봄날의 훈훈한 바람처럼 퍼져 나갔다.

연주곡이 동요인 만큼 이번에는 어린아이들이 피리 부는 사나이를 따라 나섰다. 약속을 지키기는커녕 종교재판 운운하며 그를 협박했던 시장은 염치가 없어서 경찰에게 가두거나 내쫓으라는 명령을 내리지 않는 듯했고, 감사함과 미안함을 부채처럼 안고 있었던 시민들은 그를 뒤따르는 수많은 아이를 위해 길을 비켜 주기까지 했다.

그렇게 한 바퀴 순회공연을 마치자 도시에 사는 거의 모든 아이가 피리 부는 사나이를 따라가며 흥겨운 어깨춤에 깡충깡충 뜀박질했다.

그리고 해질녘이 되자 피리 부는 사나이는 그 많은 아이를 이끌고 깊은 산속으로 들어갔다.

도시의 어른들이 사태의 심각성을 인지한 것은 어둠이 완전히 내려앉은 그 날 저녁이었다. 평소대로라면 집으로 돌아와 밥 달라며 재촉을 해야 할 아이들의 모습이 보이지 않았던 것이다.

물론 돌아오지 않은 아이가 몇 명에 불과했다면 큰 걱정은 하지 않았을 터였다. 자신들의 어렸을 적 경험으로 미루어 아이들 열 명에 하나는 반드시 개구쟁이나 말괄량이라는 사실을 알고 있기 때문이었다.

그런데 문제는 한둘이 아니었다는 사실이었다. 구두 수선공의 장남부터 장난감 가게의 막내딸까지 도시의 모든 아이가 사라진 것이었다.

게다가 시장의 하나뿐인 아들마저 없어지자 도시는 한순간에 혼란에 빠져들고 말았다.

사람들은 제각각 다른 방향을 정해 아이들을 찾아 나섰다. 얼마 후 시 외곽 서쪽으로 길을 나선 사람들이 굴뚝 청소부네 아들 제러미를 발견했다. 제러미는 소아마비를 앓아 걸음걸이가 더딘 탓에 친구들을 따라잡지 못했다.

"왜 너 혼자야? 다른 아이들은 어디로 간 거니?"

제러미는 장애 때문에 함께 가지 못한 것이 못내 억울한 듯 말했다.

"모두 아저씨를 따라 서쪽 숲속으로 갔어요. 그곳 하늘에는 언제나 무지개가 걸려 있어 아름다울 뿐만 아니라 맛있는 과일이 넘쳐나기 때문에 일 년 내내 먹고 놀기만 한대요. 하지만 나는 다리를 절기 때문에 따라갈 수가 없었다고요!"

"그 많은 아이가 다 피리 부는 사나이를 쫓아간 거야?"

"네, 나 빼고는 모두 다요!"

사람들이 마음속에 간직하고 있던 피리 부는 사나이에 대한 미안함은 그 순간 사라져 버렸다. 약속한 금화를 받지 못한 것에 대한 복수 때문에 아이들을 이용한 것은 누가 봐도 지나친

처사였다.

하지만 모든 사태의 원인 제공자는 돈이 아까워 사례 대신 협박을 한 시장이었다.

한편 시장 역시 피리 부는 사나이를 찾기 위해 총력을 기울였다. 모든 시청 직원과 경호원을 동원해 철저한 수색과 즉각적인 보고를 명령했다. 나아가 하나뿐인 아들이 무사하기를 간절히 기도하면서 피리 부는 사나이를 찾기만 하면 사지를 갈기 갈기 찢어 놓으리라 다짐하고 또 다짐했다.

그러던 어느 순간 등골이 서늘해지는 느낌을 받았다. 뒤를 돌아보니 언제 어떻게 자신의 집무실에 들어왔는지 입가에 엷은 미소를 머금은 피리 부는 사나이가 의자 뒤에서 자신을 내려다보고 있었다.

시장이 벌떡 일어나며 외쳤다.

"네 이 악마 같은 놈! 아무리 그렇다고 도시의 모든 아이를……."

피리 부는 사나이가 시장의 어깨를 눌러 의자에 주저앉히며 말했다.

"그러게 약속을 지키셨어야지요. 다리가 불편해 행복의 동산에 도착하지 못한 제러미를 데리러 왔다가 시장님이 궁금해 잠시 들렀답니다. 참, 오는 길에 보니 시민들은 시장님이 금화를 아까워하는 바람에 이 사달이 난 거라며 길길이 날뛰고 있던

데……."

분노에 찬 시장이 온몸을 부들부들 떨며 물었다.

"네 정체가 뭐냐?"

사내가 비아냥거리듯 대답했다.

"벌써 잊으셨어요. 피리 부는 사나이라고 말씀드린 거 같은데!"

몇 차례의 심호흡으로 흥분을 가라앉힌 시장이 말했다.

"지난 몇 달 동안 벌어진 일련의 사건들을 종합해 보았을 때 나는 네가 흑사병의 근원이라는 결론을 얻었다."

사내는 어처구니가 없다는 듯 한바탕 큰소리로 웃은 뒤 대꾸했다.

"지난번에는 신성모독에 이단이라는 죄를 덮어씌우더니 오늘은 흑사병의 근원이라니, 시장님은 참으로 대단도 하십니다. 내일은 또 어떤 황당한 죄목을 들이댈지 매우 기대되는데요?"

"네가 사람들 앞에 모습을 드러낸 건 불과 십여 일 전이지만 네놈이 부는 피리 소리는 100여 일 전부터 들려오기 시작했어. 그 소리와 함께 흑사병도 이 도시에 상륙했지. 엄청나게 몸집이 커진 쥐 떼가 기승을 부린 것도 바로 그즈음이었고……."

"시장님이라 그런지 대단한 추리력을 갖추셨네요."

"네놈이 쥐 떼를 끌고 온 게 분명해! 그 이후 쥐들이 옮긴 흑사병 때문에 이 도시에 사는 죄 없는 시민 수천 명이 목숨을 잃었다. 그래서 모두들 정신적인 공황상태에 빠졌을 때 구원자의 탈을 쓴 네놈이 대중 앞에 모습을 드러냈어."

사내가 박수를 '짝짝짝!' 쳤다.

"우와! 엄청난 추리력에 대단한 분석력까지……."

주도권을 잡았다고 생각한 시장이 범인을 취조하듯 물었다.

"목적이 무엇이냐?"

"그 대단한 머리로 직접 알아맞혀 보시지요."

"돈? 권력?"

"글쎄요."

"그것도 아니면 종교적인 추앙을 원하는가?"

시장의 거듭된 질문에 매번 장난스럽게 대응했던 사내가 처음으로 진지하게 대답했다.

"구원이다!"

"……!"

그런데 목소리가 이상했다. 조금 전의 그 목소리가 아니었다. 게다가 그 소리는 목이 아닌 몸 전체를 통해 울려 퍼지는 것 같았다.

그와 동시에 사내의 형체가 안개에 휩싸인 것처럼 흐려진 듯하더니 다시 드러난 모습은 시장이 알고 있는 어릿광대이자 피리 부는 사나이가 아닌 아름다운 여인이었다.

갑작스러운 상황에 충격을 받은 시장이 넋을 잃은 채 두 눈만 멀뚱멀뚱 끔벅이자 피리 부는 사나이였던 여인이 차분하게 이야기를 시작했다.

"나는 강을 지키는 정령이다. 인간들은 내 본모습을 한 번도 본 적이 없으면서도 내 존재를 어찌 알게 되었는지 강의 님프라고 부르더군. 어쨌든 나는 내가 지키는 강물과 강가에 서식하는 동식물을 구하기 위해 이곳에 왔다. 더불어 복수를 하기 위해서다!"

시장은 고개를 세차게 흔들어 지금의 상황이 꿈이 아닌 현실임을 확인했다.

그리고 시장으로서의 권위라고는 눈곱만큼도 찾아볼 수 없는 떨리는 목소리로 중얼거렸다.

"니, 님프가 실제로 존재하다니……."

님프의 이야기가 계속되었다.

"너희 인간은 너무 많다. 쥐보다 더 강한 번식 욕구 때문에 인구가 폭발적으로 늘어나 인간들의 오줌똥이 강물을 완전히 오염시켜 버렸다. 너는 오랜 세월 시장으로 이 도시를 지켰으니 강을 지키려는 내 고민을 충분히 이해할 수 있을 것이다. 너는 네 도시의 오염을 막기 위해 하수구를 만들었다. 그리고 인간들이 배출하는 온갖 오물을 정화하지 않고 고스란히 강물로 흘려보냈다."

"……!"

"인간들이 버린 오물은 강을 오염시킨다. 강이 오염되면 식물과 동물에 이어 결국은 인간들에게 피해가 돌아간다. 그래서 나는 강의 오염을 막기로 했다. 크고 건강한 쥐를 만들어 흑사병을 널리 퍼뜨린 것도 그 때문이다. 나는 그와 같은 방법으로 강물을 오염시킨 인간들의 숫자를 줄여 나가고 있다. 너희 인간은 숫자가 너무 많다. 그러니 앞으로 더욱 많은 인간이 죽어야 한다."

"······!"

시장은 대꾸할 말이 없었다. 님프의 말이 전적으로 옳았기 때문이다.

님프의 이야기가 끝을 향해 가고 있었다.

"나는 앞으로 흑사병보다 훨씬 강한 전염병을 만들어 인간들을 죽음으로 인도할 것이다. 나아가 너희 인간들이 그 병의 책임을 상대에게 떠넘기며 서로를 죽이게 할 것이다. 내 이야기는 여기까지다. 그런데 유감스럽게도 너는 인간으로서 알아서는 안 되는 것들을 너무 많이 알게 되었다. 따라서 나는 네 목숨을 거두어 갈 수밖에 없다. 모든 것은 너와 너희 인간들 탓이다. 그러니 나를 원망하지 마라."

"아······!"

긴 이야기를 끝낸 님프가 휘파람을 불었다. 그와 동시에 시장 집무실 천장에서 수많은 군인이 행군하는 발소리가 들려왔다. 그런데 그것은 군인이 아니었다. 쥐 떼였다.

잠시 후, 쥐 한 마리가 시장의 머리 위로 떨어져 내렸다. 시장은 비명을 지르며 팔을 들어 올려 머리를 감싸 안았다. 그의 두 손에 잡힌 것은 거대한 쥐였다. 쥐의 몸통은 시장의 허벅지만 했다. 꼬리는 채찍처럼 굵고 길었으며 빳빳한 털은 철 수세미처럼 거칠었다.

시장의 손에 잡힌 쥐가 발버둥을 치다 손가락을 물었다. 단번에 새끼손가락이 뜯겨 나갔다. 시장은 기겁하며 손바닥을 폈고, 천장에서 떨어진 두 번째 세 번째 쥐가 나머지 손가락을 뜯어먹기 시작했다.

시장은 오도독거리는 소리를 내며 자신의 손가락을 씹고 있는 쥐와 눈이 마주친 순간 기절하고 말았다.

시장이 바닥에 쓰러지자 수백 마리의 쥐들이 벌떼처럼 달려들었다. 시장의 몸뚱이는 순식간에 뼈와 살이 분리되었다. 그렇게 몇 분이 흐르자 굵은 뼈마디 몇 개만 덩그러니 남았다. 하지만 바닥에는 피 한 방울의 흔적도 보이지 않았다. 핏방울이 몸에서 흘러내리기도 전에 먹성 좋은 쥐들이 깔끔하게 핥아먹어 버렸기 때문이다.

님프와 쥐 떼가 시장 집무실에서 사라진 직후, 수십 명의 시민이 출입문을 박차고 들어왔다. 하지만 그곳은 텅 비어 있었다. 워낙 경황이 없는 상황이라 사람들은 의자 뒤에 나뒹굴고 있는 시장의 뼛조각을 발견하지 못했다.

"어? 시장이 없네!"

"비릿한 냄새가 나는 것 같은데, 혹시 무슨 일 당한 거 아닐까요?"

"우선 우리 아이들 안전부터 챙깁시다. 제러미가 말한 서쪽 계곡으로 서둘러 가면 아이들을 만날 수 있을 거예요."

손에 횃불을 든 시민 수백 명이 서쪽 계곡으로 내달렸다. 대부분이 사라진 아이를 둔 부모들이었다. 있는 힘을 다해 달리느라 호흡이 턱밑까지 차올라 헉헉거렸지만 누구 하나 발걸음을 멈춘 사람은 없었다.

평지를 지나 숲으로 들어서자 그야말로 가시밭길이 시작되었다. 수풀을 헤치느라 두 손은 긁히고 찢어져 피가 흘러내렸고, 크고 작은 가시가 팔다리를 파고들었다. 그렇게 한참을 나아가다 보니 깊은 계곡과 연결된 산등성이가 나왔다. 하지만 기대했던 아이들의 모습 대신 피리 부는 사나이가 기다렸다는 듯 시민들을 반겼다.

"어서 오세요, 여러분! 먼 길 오시느라 수고하셨습니다."

가녀린 몸을 이끌고 가장 앞서 달렸던 한 어머니가 절규하듯 외쳤다.

"내 아이는? 내 딸은 어디 있냐고!"

뒤따르던 시민들 역시 목소리를 높이며 피리 부는 사나이를 몰아세웠다. 그러다 보니 시민들이 피리 부는 사나이를 벼랑 끝으로 내몰고 있는 모양새가 되었다. 하지만 피리 부는 사나이는 환한 미소로 대응할 만큼 여유가 넘쳐흘렀다. 피리 부는 사나이의 그런 태도는 시민들을 더욱 흥분하게 했다.

"우리 아들딸들을 당장 내놔!"

하지만 피리 부는 사나이는 능글맞게 웃으며 대답했다.

"수많은 사람이 달려와 개미 떼처럼 우글거리고 있으니 실로 토악질이 나올 것 같습니다. 안타까운 일이지만 여러분과는 여기서 그만 작별을 고해야겠네요. 존재 자체가 민폐인 여러분께 진심으로 충고하건대 아이들을 구한답시고 쓸데없는 용기는 내지 않는 것이 좋을 겁니다. 여러분의 아이들은 저 아래 있습니다. 부디 그 어린것들이 당신들의 미래에 본보기가 되어주기를 희망합니다. 그럼, 안녕히……."

수수께끼 같은 말을 남긴 피리 부는 사나이는 마치 구름 위에 올라탄 사람처럼 자연스럽게 계곡 아래로 사라져 갔다. 그와 동시에 시민들의 눈동자가 계곡 아래쪽으로 옮겨 갔다. 피리 부는 사나이가 말했던 것처럼 수많은 아이들이 계곡을 메우고 있었다.

"오, 하나님!"

"세상에! 어떻게 저런 일이……."

도시의 하수구에서 끌어내 계곡으로 데려와 모조리 전멸시킨 줄 알았던 쥐 떼가 살아 있었다. 계곡에 갇힌 채 몇 날 며칠 동안 굶주리고 있던 쥐들이 피리 소리를 따라 걷다가 계곡으로 떨어진 아이들을 게걸스럽게 물어뜯고 있었다.

아이들 숫자가 많은 까닭에 시장이 당했던 것처럼 한 사람에게 수백 마리가 달려들지는 않았다. 그렇다 보니 한순간에 뜯어 먹히지는 않았다. 하지만 그래서 더 끔찍했다. 아이 한 명에게 쥐 이삼십 마리가 들러붙어 야금야금 뜯어먹고 있었기 때문이다.

어떤 아이는 팔이 뜯겨 나가고, 어떤 아이는 두 다리가 보이지 않았다. 아이들의 목숨은 아직 붙어 있었지만, 살아 있는 상태에서 눈알을 파 먹히기도 하고, 토끼만 한 쥐들이 배꼽 주위에 뚫린 구멍에 머리를 처박아 창자를 끄집어낸 뒤 쩝쩝거리고 있었다.

차마 눈 뜨고 볼 수 없는 끔찍한 광경에 대부분의 엄마는 혼절하고 말았다. 아직껏 의식을 잃지 않은 몇몇 아이가 살려 달라며 몸부림치고 있었지만, 그 어떤 어른도 계곡 아래로 내려가려 하지 않았다. 끔찍한 식인 쥐 떼도 두려웠지만, 쥐와 접촉하는 순간 흑사병에 걸릴 것이기 때문이었다.

그 이후로 도시의 거리에서는 아이들의 모습을 볼 수가 없었다. 가끔씩 퀭한 눈빛을 한 어른들만 비틀거리며 오갈 뿐이었다.

사랑하는 아들딸들의 목숨과 함께 쥐 떼는 사라졌지만, 흑사병은 여전히 사람과 사람 사이를 옮겨 다니며 더욱 많은 사람에게 비참한 최후를 선사했다.

그리고 세월은 흐르고 또 흘렀다. 오염이니 하수구니 쥐 떼니 하는 것들도 사람들의 기억 속에서 차츰 엷어져 갔다. 도시 사람들은 언제 무슨 일이 있었냐는 듯 아무런 죄책감도 없이 오폐수를 하수구에 쏟아부었고, 언제나 늘 그랬던 것처럼 내 이익을 위해 상대방을 넘어뜨렸고, 밟아 짓이겼으며, 죽음에 이르게 했다.

님프는 그런 인간들의 모습을 덤덤한 표정으로 지켜보고 있었다.

'역시 인간들은 구덩이에 갇힌 쥐 떼보다 훨씬 더 폭력적이고 사악하며 이기적인 존재야. 그래서 나는 내 주머니 속에 여러 가지 전염병을 보관하고 있지. 에이즈나 메르스, 코로나19 등등……. 필요한 때가 되면 그 전염병을 이용해 인간들의 숫자를 줄일 거야. 나는 반드시 강물과 강가에 사는 동식물을 지키고 보호해야 하거든!'

사내아이와
물의 요정

아주 오랜 먼 옛날, 크로아티아의 한 시골 마을에 물놀이를
무척 좋아하는 사내아이가 살고 있었다. 그 아이는 틈만 나면
강가로 달려가 강물에 몸을 풍덩 던지곤 했는데, 그 정도가 지
나쳐 하루라도 물놀이를 하지 않으면 좀이 쑤셔 견디지 못할
지경이었다.

그러던 어느 날 비가 몹시 내려서 사내아이는 물놀이를 하지
못했다. 몸이 근질근질해진 아이는 이튿날 눈을 뜨자마자 강가
로 달려 나갔다. 장대 같은 비는 그쳤지만, 비가 온 뒤끝이라 강
물이 크게 불어 흘러가는 강물을 보고 있으면 어지럼증이 났다.

하지만 사내아이는 참을 수가 없었다. 입고 있던 옷을 훌러
덩 벗어 던진 뒤 강물로 뛰어들었다. 그런데 물살의 힘이 상상
을 초월했다. 강가에 서서 예상했던 것보다 최소한 열 배는 더

강한 힘이 아이의 몸뚱이를 사정없이 휘어 감았다.

아이는 순식간에 강바닥으로 처박혔다가 물 위로 솟구치기를 여러 차례 반복했다. 그뿐만이 아니었다. 강바닥에 큰 바위가 박혀 있는 곳 아래쪽에서는 거세게 흐르던 두 물줄기가 합해지면서 소용돌이 소가 만들어졌는데, 아이의 몸이 그곳으로 빨려 들어가 빙판 위의 팽이처럼 끝없이 돌기까지 했다.

그렇게 시간이 흐르면서 사내아이의 의식은 점점 엷어져 갔다.

한편 모처럼의 폭우로 강물이 불어나자 기분이 좋아진 물의 요정은 행복한 마음으로 강을 한 바퀴 둘러보고 있었다. 그러던 중 사내아이가 강물에 휩쓸려 허우적거리고 있는 모습을 보았다.

물의 요정은 짜증이 왈칵 났다. 평소에 강에 들어와 깨끗한 물을 더럽히는 것까지는 꾸역꾸역 참을 수 있지만, 불어난 강물로 대청소가 되어 가는 순간까지 물로 뛰어든 아이의 행동거지를 용서할 수가 없었다.

게다가 모든 강과 바다에 사는 물의 요정은 본능적으로 사람을 싫어했다. 사내아이가 뛰어든 강물의 요정 역시 마찬가지여서 이번 기회에 날마다 귀찮게 하는 사내아이를 혼내 주기로 작정했다.

그렇게 마음을 굳힌 물의 요정은 물을 잔뜩 마셔 배가 짱뚱어처럼 볼록해진 아이를 강바닥으로 끌어내렸다. 그런데 입술이 파랗게 질린 아이의 얼굴을 보자 전에 없던 측은한 마음이 일었다.

성으로 돌아온 물의 요정은 사내아이를 장난감의 방으로 들여보냈다. 장난감의 방에는 세상 사람들이 만든 온갖 장난감이 가득했다. 그 장난감들은 물론 사람들이 물가에 버리거나 홍수에 휩쓸려 떠내려온 것들을 모아 둔 것이었다. 아이는 한동안 그 장난감에 관심을 보이는가 싶더니 금세 시들해져 뚱한 표정을 하고 있었다.

물의 요정이 물었다.

"장난감 놀이가 재미있지 않니?"

사내아이가 대답했다.

"신기하기는 하지만, 물놀이보다 재밌지는 않아요."

물의 요정이 다시 물었다.

"여긴 사방 천지가 물인데, 그렇다면 물놀이를 하지 그러니?"

사내아이가 퉁명스럽게 대답했다.

"물속에서 하는 물놀이는 재미없다는 거 몰라요?"

물의 요정이 또다시 물었다.

"물속에서 하는 물놀이는 왜 재미가 없는 건데?"

사내아이가 그것도 모르냐는 듯 무시하는 투로 말했다.

"물속에서 하는 물놀이는 놀이가 아니라 물속에서 사는 거 잖아요! 요정 누나는 물고기가 물속에서 헤엄치는 게 물놀이라 고 생각해요?"

물의 요정은 할 말을 잃고 말았다. 아이의 말하는 놀이라는 것의 의미를 정확하게 이해하게 되었기 때문이었다.

그런데 이번에는 사내아이가 질문했다.

"나를 왜 이곳으로 데려왔어요?"

물의 요정이 대답했다.

"네가 물놀이를 하다 물살에 휩쓸려 정신을 잃고 말았잖니!"

사내아이가 또 물었다.

"그럼 난 죽은 거예요?"

물의 요정이 어정쩡하게 대답했다.

"아직 죽지는 않았어. 하지만 살아 있다고 말할 수도 없겠구 나."

사내아이가 고개를 갸우뚱하며 되물었다.

"그럼 날 이제 어떻게 할 건데요?"

물의 요정이 대답했다.

"그건 네 결정에 달렸단다."

그렇게 말하고 나서 물의 요정은 사내아이를 데리고 죽은 자의 방으로 들어갔다. 죽은 자의 방에는 그동안 강물에 빠져 목숨을 잃었지만, 시신을 인양하지 못한 주검들이 보관되어 있었다.

사내아이는 온갖 형태의 시신을 보자마자 자지러질 듯 놀랐다. 그도 그럴 것이 대부분의 주검이 물에 불어 살아 있는 사람보다 서너 배는 더 커 보였기 때문이었다. 게다가 한쪽에는 물고기들이 살을 뜯어 먹어 너덜너덜한 시체가 있었고, 또 다른 곳에는 팔이나 다리 혹은 머리가 없는 시신도 있었다.

몇 걸음을 물러선 뒤 몇 차례 토악질을 했다. 엊그제 먹은 음식부터 의식을 잃기 전 벌컥벌컥 들이켰던 강물까지 깔끔하게 토해 낸 아이가 촉촉하게 젖은 두 눈을 끔벅였다. 구토의 고통이 무섬증을 이겨낸 듯 수많은 주검을 더는 피하지도 않았다.

물의 요정이 물었다.

"여기에 시체들이 왜 이토록 많이 쌓여 있는지 아니?"

아이가 고개를 가로저으며 대답했다.

"아니오."

물의 요정이 말했다.

"우리 물의 요정은 사람들을 싫어한단다."

사내아이가 물었다.

"왜 싫어하는 건데요?"

물의 요정이 대답했다.

"대부분의 사람들이 물의 소중함을 알기는커녕 물을 더럽히는 데만 열중하고 있으니까 싫어하는 거야."

사내아이가 흠칫 놀라며 물었다.

"물놀이하다가 싼 오줌도 물을 더럽히는 건가요?"

물의 요정이 미소를 지으며 대답했다.

"그 정도는 괜찮아. 물은 자정 능력을 갖고 있어서 네가 싼 오줌쯤이야 금세 깨끗하게 만들어 버리거든. 하지만 저기에 있는 주검의 주인들은 달라."

아이가 심각한 표정으로 물었다.

"그러니까 물을 많이 더럽힌 사람들을 저기에 모아 두었다는 얘긴가요?"

물의 요정이 고개를 끄덕였다.

"대부분 그런 셈이야."

사내아이가 또 물었다.

"요정 누나가 저 사람들을 다 죽인 거예요?"

물의 요정이 아무렇지도 않다는 듯 대답했다.

"당연히 내가 죽였지."

아이의 눈이 동그랗게 커지며 물었다.

"어떻게 죽인 건데요?"

물의 요정이 대답했다.

"마음만 먹으면 사람 하나 죽이는 것쯤이야……."

상대가 어린아이라는 데 생각이 미치자 물의 요정은 말을 끝마칠 수 없었다. 하지만 사내아이는 이미 다 알아챈 듯했다. 그래서 물의 요정은 아예 시신을 하나씩 지목해 가며 설명해 주기로 마음먹었다.

물의 요정이 손가락으로 한 남자의 시신을 가리키며 물었다.

"저 사람은 어떻게 죽었을 거 같니?"

지목된 시신을 한참 관찰하던 아이가 대답했다.

"다른 건 전혀 모르겠는데요, 저 사람의 고추가 다른 사람 것보다 두세 배는 더 커 보여요. 혹시 고추가 커 오줌을 엄청나게 싸니까 죽인 거예요?"

대답을 겸한 사내아이의 질문에 물의 요정은 당황했다. 전혀 예상하지 못한 아이의 상상력이 순간적으로 말문을 막히게 해 버렸다.

"그, 그러니까……. 저 남자는 물고기를 잡기 위해 강 상류에 독을 풀었어. 그래서 수많은 어린 고기들까지 떼죽음을 당하게 되었지. 그러니 내가 어떻게 용서할 수 있겠니?"

사내아이가 이해한다는 듯 고개를 끄덕였다. 하지만 질문은 여전히 엉뚱했다.

"그런데 왜 고추가 큰 거냐고요?"

물의 요정은 하는 수 없이 당시의 상황을 설명해 줄 수밖에 없었다.

"그러니까 말이야……."

물의 요정이 이야기를 시작했다.

물의 요정이 비록 사람을 좋아하지 않지만, 무턱대고 해코지를 한 적은 없었다. 또한 사람도 먹고살아야 하므로 낚시나 투망 등으로 먹을 만큼의 물고기를 잡는 것 정도는 눈 감아 주었다.

그런데 강가에서 식당을 운영하고 있던 남자는 지나치게 욕심을 부렸다. 자신의 식당 음식에 물고기를 많이 넣어 주면 손님들이 많아질 테고, 그렇게 장사를 하다 보면 큰돈을 벌 수 있을 거라는 생각을 한 것이다.

그래서 남자는 독성이 강한 풀을 뿌리째 뽑아 모은 뒤 반액체 상태가 될 때까지 절구로 찧었다. 그리고 가뭄이 들어 강물이 가장 심하게 줄어들었을 때 준비해 둔 독초 덩이를 강물에 풀었다.

결과는 참혹함 그 자체였다. 강물에 살던 모든 물고기가 멸종 위기를 맞게 된 것이었다. 이제 갓 알에서 깨어난 치어들까지 모두 죽어 버렸으니 원상태를 회복하기까지는 수십 년 이상이 필요할 것이었다.

물의 요정은 남자를 용서할 수 없었다. 고통스럽게 죽어 간 수백만 마리의 물고기들을 대신해 복수해야만 했다. 하지만 방법이 없었다. 남자가 물 공포증을 갖고 있어서 강물에는 발조차 담그지 않기 때문이었다.

그러던 어느 날이었다.

갑자기 요의를 느낀 남자가 강을 향해 서서 바지춤을 까 내렸다. 그리고 오줌 줄기를 시원하게 싸질렀다. 오랫동안 그 순간만을 기다려 왔던 물의 요정이 지구 반대편에 사는 친구 요정에게 부탁해 데려온 칸디루를 출동시켰다.

칸디루는 메기의 일종이지만 몸 크기가 작은 바늘 정도에 불과한 물고기였다. 몸집이 워낙 작아 뼈가 비칠 정도지만 속도로 치자면 경쟁 상대가 없을 만큼 날렵했다. 게다가 녀석은 흡혈 습성이 강해서 평소 커다란 물고기의 아가미에 기생하면서 피나 살을 뜯어 먹고 살았다. 그런데 칸디루가 가장 좋아하는 것은 암모니아 냄새였다.

물의 요정이 내린 출동 명령을 받고 신이 난 칸디루는 단숨에 암모니아 성분이 가득한 남자의 오줌발을 타고 올라가 요도 안으로 쏙 들어갔다. 요도에 따끔한 통증을 느낀 남자는 재빨리 바지를 추켜올렸다. 하지만 남자는 걸음을 옮길 수가 없었다. 아니, 걸음은커녕 오줌을 싸던 그 자리에 쓰러진 채 죽을힘을 다해 소리를 지르며 이리저리 나뒹굴었다.

남자의 느닷없는 고함에 식당에서 밥을 먹고 있던 손님들이 달려 나왔다. 남자가 자신의 사타구니를 있는 힘껏 움켜쥔 채 데굴데굴 굴러다니고 있었다. 왜 그러는지, 어디가 아픈지 물어볼 틈도 주지 않았다.

남자는 그렇게 굴러다니다 강물로 빠지고 말았다.

물의 요정이 기다리던 순간이 온 것이다.

물의 요정이 이야기를 마치자 사내아이가 눈치를 슬슬 보면서 자신의 사타구니를 두 손으로 감쌌다. 그러더니 불만 가득한 목소리로 말했다.

"아까 나한테는 오줌을 싸도 괜찮다고 했잖아요!"

물의 요정이 빙긋이 웃으며 대답했다.

"정말 괜찮으니 걱정하지 마."

사내아이가 고개를 절레절레 흔들었다.

"고추 속에 작은 물고기가 들어가 피나 살을 뜯어 먹다니……! 흐으, 생각만 해도 온몸이 배배 꼬이면서 똥꼬가 간질간질하다고요!"

물의 요정은 여전히 미소를 머금고 있었다.

"칸디루의 고향은 바다 건너 지구 반대편 강인데, 내가 잠시 불렀던 거야. 처참하게 죽은 물고기들의 복수를 끝내자마자 고향으로 돌려보냈지. 그러니까 걱정할 필요 없어."

그제야 사내아이가 안도의 한숨을 내쉬면서 혼잣말을 중얼거렸다.

"그러니까 저 사람 고추는 퉁퉁 부은 거구나!"

물의 요정이 또 다른 시신을 가리키며 말했다.

"저 사람은 왜 죽은 뒤 땅 속에 묻히지도 못한 채 수장되어 있을까?"

지목된 시신을 찬찬히 살펴본 사내아이가 대답했다.

"그건 역시 모르겠고요, 차림새로 보아 지체가 엄청 높은 귀족이었던 거 같아요!"

물의 요정이 고개를 끄덕였다.

"잘 봤구나. 저 사람은 살아 있을 때 왕이었어."

사내아이가 화들짝 놀라며 물었다.

"왕이었다고요?"

물의 요정이 고개를 끄덕이며 말했다.

"지금 네가 사는 나라를 다스리는 왕의 아버지야. 그래서 지금 사람들은 그를 먼젓번 왕이라는 의미로 선왕이라고 부를 거야. 어쨌든 저 사람은 물의 힘을 이용해 죄 없는 수많은 사람을 죽였어. 이 신성한 강물의 힘으로……. 그래서 나는 살려 둘 수가 없었단다."

사내아이가 놀란 표정으로 물었다.

"어떻게 물의 힘으로 많은 사람을 죽였대요?"

물의 요정이 침통한 표정으로 입을 열었다.

선왕은 커다란 욕조에서 태어났다. 당시 왕비였던 어머니가 목욕하던 중 갑자기 산통이 시작되는 바람에 어쩔 수 없이 욕조를 가득 채운 물속에서 아이를 낳을 수밖에 없었다. 그래서 인지 선왕은 어렸을 때부터 물을 무척 좋아했다.

그리고 세월이 흘러 부왕이 세상을 떠나자 왕위를 물려받았 다. 그런데 문제는 국경을 겸하고 있는 산 너머에 엄청나게 넓 은 평야가 있다는 사실이었다. 선왕은 그 땅이 무척 욕심났다. 어떻게든 그 평야를 차지하고 싶었지만, 국경을 마주하고 있는 나라의 군사력이 만만치가 않아서 쉽게 공격할 수가 없었다.

그러던 어느 날이었다.

한가할 때마다 물놀이를 즐기곤 했던 선왕은 뗏목을 타고 강 을 따라 내려가다 강물이 흘러넘치는 제방을 보면서 기가 막힌 작전 하나를 생각해 냈다. 오랜 세월 동안 갖고 싶었던 평야를 차지할 수 있는 묘안이 떠오른 것이었다.

곧바로 왕궁으로 돌아온 선왕은 신하들을 불러 밑도 끝도 없 는 명령을 내렸다. 둑을 쌓아 하류로 흘러가는 강줄기를 막아 서 엄청나게 큰 호수를 만들라는 왕명이었다.

영문을 알 수 없는 신하들의 불만은 이만저만이 아니었다. 하지만 왕명을 어길 수는 없었으므로 공사를 시작할 수밖에 없 었고, 온 백성을 동원해 7년 동안 둑을 쌓은 끝에 바다처럼 넓 은 호수를 완성할 수 있었다.

그러자 이번에는 국경선이 이어지고 있는 산 중에서 높이 가 가장 낮은 산을 허물어 물길을 내라는 왕명이 떨어졌다. 신하늘은 그 명령을 받고서야 선왕의 야심을 알아차렸다. 군대의 힘만으로는 평야를 차지할 수 없으니 물난리를 일으켜 평야 지대에 사는 사람들을 몰살시킨 후 단번에 쳐들어가 점령해 버리려는 심산이었다.

사내아이가 인상을 잔뜩 찌푸리며 투덜거렸다.

"그래서 정말로 산을 허물어 물난리를 일으켰던 거예요?"

물의 요정이 천천히 고개를 끄덕였다.

"둑을 막아 만든 호수의 물이 얼마나 많았던지, 무려 팔천 명에 가까운 사람들이 물살에 휩쓸려 목숨을 잃고 말았어. 하지만 선왕은 죄책감을 느끼기는커녕 드넓은 평야 지대를 차지한 기쁨을 주체하지 못한 채 몇 날 며칠에 걸친 연회를 열어 부어라 마셔라 하면서 자축했단다."

아이의 표정은 여전히 불만스러움을 가득 담고 있었다.

"아무리 넓고 아무리 비옥한 땅이라도 사람의 목숨이랑 바꿀 수는 없는 거잖아요!"

물의 요정이 한층 잦아든 목소리로 말했다.

"모든 생명의 근원인 신성한 물을 수단으로 삼아 그 많은 사람의 목숨을 빼앗아 버렸으니 내가 어떻게 그런 자를 용서할 수 있겠니?

그런 일을 벌이고 나서도 선왕은 여전히 물을 좋아했고, 물놀이를 즐겼다. 기회를 엿보고 있던 물의 요정은 그가 타고 있던 뗏목을 급류로 유인해 뒤엎어 버렸다. 뗏목에 신하 두 명이 함께 타고 있었지만, 그들은 죽을 둥 살 둥 헤엄쳐 강기슭까지 갈 수 있었다.

그러나 선왕은 달랐다. 태어나는 순간부터 물과 친숙했기 때문에 수영 실력 또한 수준급이었지만, 물의 요정이 강바닥에 있던 수초들을 새끼줄처럼 배배 꼬아 선왕의 발목을 휘감아 버렸기 때문이었다.

그래서 선왕은 머리만 겨우 물 밖으로 내놓은 채 '사람 살려!'를 목청껏 외쳤다. 하지만 이미 초주검이 되어 강가에 널브러진 두 신하 말고는 다른 일행이 없었기 때문에 도움의 손길을 내밀어 줄 사람은 없었다.

그 사이 물속에서는 피라미들의 대이동이 진행되고 있었다. 물의 요정이 보낸 신호를 시작으로 헤아릴 수 없이 많은 새끼 물고기가 선왕 몸을 수백 겹으로 포위했다. 그리고 물에 불어 말랑말랑해진 배꼽의 오목한 부분을 갉아 내기 시작했다. 대부분이 호수가 붕괴할 때 물살에 휩쓸려 죽은 성체 물고기의 새끼들이었다.

이제 겨우 치어 상태에서 벗어난 피라미들이었기 때문에 이빨도 약했고, 물어뜯는 힘도 형편없었다. 하지만 수만 마리가 번갈아 가며 꼬집어 뜯어내기를 반복하자 선왕의 배꼽 부근에 동그란 구멍이 생기면서 배꼽 뿌리가 툭 떨어져 나갔다.

그때까지만 해도 선왕은 아픔을 느끼지 못했다. 생존본능 때문이었다. 어떻게든 강물에서 빠져나가야 한다는 일념으로 그간의 수영 실력을 총동원해 머리를 물 밖에 내고 있었던 까닭에 물속에서 벌어지고 있는 상황은 눈치조차 채지 못하고 있었다.

하지만 배꼽에 구멍이 뚫린 이후 피라미들이 뱃속으로 들어가 내장을 헤집기 시작하자 물 밖을 향하고 있던 선왕의 생존본능이 물속을 향하게 되었다. 극심한 복통을 느낀 선왕은 크게 숨을 들이마신 뒤 잠수를 했다. 그리고 수만 마리의 피라미가 자신의 뱃속으로 들어가기 위해 아귀다툼을 하는 모습을 보고야 말았다.

선왕은 그 순간, 정신을 잃어버렸다.

사내아이가 고개를 갸웃거리며 물었다.

"하지만 겉모습은 멀쩡해 보이는데요."

물의 요정이 대답했다.

"피라미들은 이빨이 약하기 때문에 비교적 단단한 피부까지 뜯어먹기에는 힘에 부쳤거든!"

당시 상황이 머릿속에 그려지면서 메스껍고 느글거리는 느낌이 훅 올라왔는지 사내아이가 몸을 좌우로 살짝 비틀며 물었다.

"그러니까 그 말은, 선왕의 뱃속에는 아무것도 없다는 뜻인가요?"

물의 요정이 당연하다는 듯 대답했다.

"배뿐만이 아니라 머릿속도 텅 비어 있을걸!"

"……!"

그 이후 사내아이는 입을 꾹 다물어 버렸다. 한 자리에 가만히 앉아서 뭔가를 골똘히 생각하고 있는 듯했지만 무엇 때문에 그러는 것인지 물의 요정은 가늠할 수 없었다.

답답함을 견디다 못한 물의 요정이 한참 만에 입을 열었다.

"선왕이 불쌍해서 그러는 거니?"

아이는 고개를 내저었다.

"아니에요. 죄 없는 사람을 너무 많이 죽게 했잖아요!"

물의 요정이 다시 물었다.

"그렇다면 왜……?"

사내아이가 심각하면서도 슬픈 표정을 지으며 되물었다.

"요정 누나, 나는 어떻게 죽일 거예요?"

물의 요정은 그런 아이의 얼굴을 한참 동안 바라보다 말했다.

"무서웠구나. 너는 얼마나 끔찍한 방법으로 죽게 될 것인지, 두려워서 물어볼 엄두가 나지 않았던 거였어."

"……."

사내아이가 말없이 고개를 주억거렸다.

"걱정하지 마! 널 죽이지 않을 거니까."

아이의 얼굴이 환하게 밝아졌다.

"정말요?"

물의 요정이 말을 이었다.

"하지만 나랑 몇 가지 약속을 해야 해."

사내아이의 눈동자가 반짝 빛났다.

"어떤 약속인데요?"

물의 요정은 첫째, 홍수가 났을 때는 절대로 강물에 뛰어들지 말 것! 둘째, 강물 속에서는 오줌 이상의 것을 싸지 않을 것이며, 가능한 한 오줌까지도 참도록 노력할 것! 셋째, 앞으로 만물의 근원인 물의 소중함을 널리 알려 오염을 막는 데 힘을 보탤 것! 넷째, 물의 요정과 만난 걸 절대 비밀로 할 것! 등을 조건으로 내걸었다.

물의 요정이 물었다.

"어때, 약속할 수 있겠니?"

사내아이가 되물었다.

"죽고 사는 것이 내 결정에 달렸다는 말이 바로 이 약속이었어요?"

물의 요정이 고개를 끄덕였다.

"응, 그래."

사내아이가 배시시 웃으며 손을 내밀었다.

"처음부터 요정 누나가 날 죽일 리 없다고 생각했어요."

물의 요정이 물끄러미 아이가 내민 손을 쳐다보았다.

"……?"

"약속이 이루어졌다는 의미로 악수를 해야지요!"

그제야 물의 요정이 사내아이의 손을 잡았다.

맞잡은 손을 세 번 흔든 순간, 사내아이의 몸뚱이가 강물 위로 떠올랐다. 허리춤에 밧줄을 동여맨 아이의 아버지가 강으로 뛰어들어 아이를 구조해 냈다.

아이의 아버지가 아들을 거꾸로 추켜들더니 활짝 편 손을 치켜들어 엉덩이를 사정없이 내리쳤다. 그렇게 두세 차례 반복하자 아이의 입에서 물이 왈칵왈칵 쏟아져 나왔다.

볼록했던 배가 쏙 들어가자 사내아이가 큰 숨을 한차례 내쉬더니 눈을 떴다.

그 광경을 보고 있던 마을 사람 수십 명이 박수를 쳤다.

무슨 영문인지 모르겠다는 듯 두 눈을 깜박이던 아이가 말했다.

"아빠, 배고파요!"

반대편 강기슭에서 물의 요정이 그 모습을 지켜보며 환하게 웃고 있었다.